グッドバイ

ケラリーノ・サンドロヴィッチ

白水社

目次

主な登場人物

田島周二　雑誌「オベリスク」編集長。妻と娘があるが多くの愛人をもつ。
永井キヌ子　闇物資を運ぶ「かつぎ屋」。怪力をもつ美女。学はない。
静江　田島の妻。戦時中に娘を連れて岩手に疎開した。
青木保子　田島の愛人。松坂屋デパート内にある美容院で働く。
水原ケイ子　田島の愛人。「オベリスク」でさし絵を描いている洋画家。
大櫛加代　田島の愛人。都内の病院に勤務する内科医だが、精神分析も得意。
草壁よし　田島の最も若い愛人。百姓の娘。

清川　「オベリスク」編集部で働く勤勉家。田島を敬愛して止まない。

幸子《さちこ》　田島と静江の間に生まれた一人娘。奇妙な言動が目立つが心は優しい。

連行《れんぎょう》　田島の先輩の文士。軽佻浮薄な性格ではあるが、どこか憎めない。

水原健一　ケイ子の兄。捕虜として抑留されていたシベリアから引き揚げたばかり。

■本戯曲の原作について

未完の小説「グッド・バイ」は、作者太宰治の死後、「朝日評論」昭和二十三年七月号に発表された。「朝日新聞」連載予定で五月中旬より書き始められていたが、死の前日に十三回分まで書かれ、以降自殺により永遠に中断された。

■本戯曲の出版に際して

本作品は「KERA・MAP 第六回公演」として、平成二十七年（二〇一五年）九月に世田谷パブリックシアターにて上演され、東京公演終了後に、北九州、新潟、大阪、松本、横浜と巡演した。上演においては「第九章・手紙」のあとに休憩を入れたが、今回の収録に際しては、内容的な区切りを重視し、上演では二幕途中にあたった「第十三章・参集」からを「第二部」とした。

なお、この戯曲は上演に際して使用した台本を底本としており、稽古の過程で施された変更などについてはあえて反映させていない。そのため、実際の上演とは異なる点が多々あることをお断りしておく。

白水 図書案内

No.846／2016-2月　平成28年2月1日発行

白水社 101-0052 東京都千代田区神田小川町3-24／振替 00190-5-33228／tel. 03-3291-7811
http://www.hakusuisha.co.jp ●表示価格は本体価格です。別途に消費税が加算されます。

デイヴィッド・ヒューム
——哲学から歴史へ

ニコラス・フィリップソン
永井大輔訳■2200円

誰も論じることが出来なかった『イングランド史』に分け入り、哲学から歴史へ向かった巨人の足跡を初めて明らかにした決定版評伝。

愛犬たちが見たリヒャルト・ワーグナー

ケルスティン・デッカー
小山田豊訳■2900円

こよなく愛した犬たちとのかかわりを通して、大作曲家の生涯と創作の秘密を明らかにする、敬意と皮肉とユーモアに満ちた斬新な評伝。

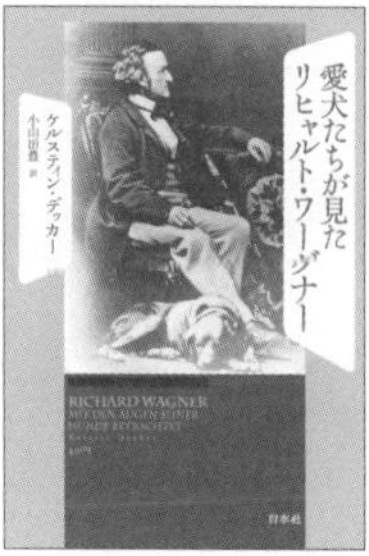

メールマガジン『月刊白水社』配信中

登録手続きは小社ホームページ http://www.hakusuisha.co.jp の登録フォームでお願いします。

新刊情報やトピックスから、著者・編集者の言葉、さまざまな読み物まで、白水社の本に興味をお持ちの方には必ず役立つ楽しい情報をお届けします。（「まぐまぐ」の配信システムを使った無料のメールマガジンです。）

危険な道
——9・11首謀者と会見した唯一のジャーナリスト

ユスリー・フーダ［師岡カリーマ・エルサムニー／訳］

世界の諜報機関さえ居場所を知らなかったアルカイダ幹部と48時間にわたって過ごした元アルジャジーラ記者がついに9・11の真相を語る。

（2月中旬刊）四六判■1900円

希望のヴァイオリン
——ホロコーストを生きぬいた演奏家たち

ジェイムズ・A・グライムズ［宇丹貴代実／訳］

楽器修理人アムノンの元には、ホロコーストをくぐり抜けた多くの楽器が持ち込まれた。音楽を力に生き延びた有名無名の持ち主の物語。

（2月下旬刊）四六判■2800円

ピカソII　キュビストの叛乱　1907-1916

★白水社創立百周年記念出版

ジョン・リチャードソン［木下哲夫／訳］

『アヴィニョンの娘たち』の衝撃、盟友ブラックとの出会い、大戦の勃発……キュビスムの誕生と発展の軌跡を克明に辿る待望の第2巻！

新刊

中国第二の大陸　アフリカ
——100万の移民が築く新たな帝国

ハワード・W・フレンチ［栗原泉／訳］

露天商から起業家まで、中国移民が追い求める「アフリカン・ドリーム」の実態を、サハラ以南10カ国を巡って詳細に描いた傑作ルポ。

（2月下旬刊）四六判■2200円

ゼロヴィル

スティーヴ・エリクソン［柴田元幸／訳］

語り手がさまざまな映画に言及し、映画に組み込まれ、映画を生きる……無意識や闇が銀幕に映写されるがごとき、特異な「映画小説」。

（2月下旬刊）四六判■3400円

エクス・リブリス

軋む心

ドナル・ライアン［岩城義人／訳］

アイルランドの田舎町の住民21人が語る、人生の軋轢と挫折。「語り」が重層的に響き合い、人間模様を綾なす。遅咲きの新鋭による傑作長篇！

第一部

1　変心

昭和二十三年の春である。
文壇の、ある大家の告別式の最中である。
読経が聞こえる中、明かりが入ると、まず田島周二の姿が見える。
明かりが広がると、田島の隣には一組の夫婦、その隣には文士の連行という男。
しばしあって——。

連行　（一応は小声で）田島？
田島　？
連行　田島か？
田島　（答えぬわけにもいかず）田島です……ごぶさたしてます。（とだけ言って向き直る）
連行　やつれたなおまえ。
田島　（仕方なくまたチラと見て）そうですか……。
連行　（笑って）そうですかじゃねえよ。どうだい、相変わらず稼いでんのか？
夫婦　（間に挟まれて）……。
田島　（見ずに）まずまずです……。
連行　フフフ……あいつも女が好きだったらしいな。
田島　（周囲を気にして）そうなんですか。

連行　ああ……遺影じゃあんなまじめくさった顔してるけどさ……しかしよく見てみろ、目が助平だろ……。
夫婦　……。
連行　な。
田島　そうですかね……。
連行　どんなにモテようが死んじまっちゃおしまいだ……。で？
田島　……。
連行　どうなんだよおまえさんは。
田島　なにがですか。
連行　（ニヤニヤして）なにがですかじゃないよ。そろそろ年貢のおさめ時じゃねえのか。やつれたぜ。
田島　あとにしませんか。
連行　今は？　幾人あるんだい女は。
田島　あとにしましょうよ……！

チーン、という鐘の音と共に読経が終わった。
そこにいた人々、坊主に深々と頭を下げる。
田島と連行が焼香するなか――。

夫　（妻に、小声で）オベリスクの編集長だよ。
妻　はい？
夫　オベリスク。あるだろ小難しい文芸誌。
妻　ああ、あの人が。

夫　もっとも編集仕事はお体裁で闇商売の手伝いでしこたまもうけてやがるそうだ。（妻をしみじみと見て）不公平だな世の中は。

雨音。

夫　降ってきやがった……。

雨音のなか、風景、変わる。
連行の蛇の目傘に入れてもらって歩く田島。

田島　そうか、取材旅行で……連行先生、岩手に行かれるんでしたら、何か用事を作って、女房の疎開先を訪ねてやってはくれませんか。
連行　岩手にいるのかい奥さん。
田島　ええ、御面倒でなければ。娘に人形のひとつも渡してやりたいんです。
連行　そりゃ、急ぐ取材でもないから構わねえけどさ……奥さんにも久しぶりに会いたいし、娘さんの顔も見てみたいし。
田島　すっかり御無沙汰しておいてこんなお願いは誠に恐縮なんですが……世間話のひとつもしてやってください。
連行　しかし俺に頼むより自分で会いに行ってやれよ。愛する家族なんだから。
田島　もうじきです。女を、愛人たちを整理してから。あ、まさかとは思いますけど絶っ対に言わないでくださいよ女房には、女たちのことは。
連行　言いやしねえよそんなこと……え、整理？　整理って？

田島　全部やめるつもりでいるんです……。すべての女と別れて、闇商売からも足を洗って、疎開先から女房と娘を呼び寄せて……オベリスクの編集に専念しようと思うんです……。
連行　思うのは簡単だよ。
田島　（連行を見る）
連行　思うのは簡単。
田島　そうなんです……思うのは簡単。
連行　そりゃもし本当にそんなことができりゃあ結構なこったが……で幾人いるんだよ。
田島　え……。
連行　愛人。
田島　二十と数人？
連行　……。
田島　わかんないですちゃんとは。数えてみるのがおそろしくて。（べそをかくような表情で）今考えると僕は狂っていたみたいなんですよ。なんか、いつの間にやらとんでもなく手を広げてしまって……。
連行　男振りがよくて、金があって、若くて、おまけに道徳的で優しいときたら、そりゃもてるよ。しかしおまえのほうでやめるつもりでも……座るか。
田島　はい……。

雷鳴。
二人、雨よけがあるらしい場所に座る。

連行　いやはや、二十と数人とはな……。
田島　頻繁に会ってるのは四人かそこらなんです。

連行　充分だよ。

二人の後方に、その四人が浮かびあがり、すぐに消える。

田島　で、なんですか?
連行　なにが?
田島　今何か……僕のほうがやめるつもりでもって。
連行　ああ。先方が承知すまいぜっていうのさ。
田島　そこなんです。（とハンカチで顔をふく）
連行　（ので）泣いてるんじゃねえだろうな。
田島　いえ、雨で眼鏡の玉が曇って。
連行　だったら顔じゃなくて眼鏡をふけよ。
田島　（すがるように）連行先生、なんかいい工夫はないでしょうか。
連行　とんだ色男だ……五、六年、外国にでも行ってきたらどうだ。
田島　戦争終わってまだ三年足らずですよ。そう簡単に洋行なんて。
連行　じゃあいっそその女たちを全部一部屋に呼び集めてだな、「蛍の光」でも歌わせて、いや、この場合「仰げば尊し」か。じゃおまえが一人一人にこう、卒業証書を授与してさ、
田島　……。
連行　あ、じゃあそのあと突然おまえが発狂したフリしてさ、素裸になって表に飛び出してね。そのまま逃げちゃどうだい。そうすりゃ女たちもさすがに呆れてあきらめるだろうさ。
田島　（立ちあがり）失礼します。僕ここから電車で。
連行　まあ待てよ。次の停車場まで歩こう。なんせこれはおまえにとって重大問題だろうからな。

二人で対策を研究してみようじゃないか。
田島　いえ、もう僕一人でなんとか。
連行　（キッパリと）いやおまえ一人じゃ解決できない。
田島　（面喰らって）できますよ……！
連行　できないできない無理無理。
田島　なんでわかるんですか……！
連行　なんで、わかるさぁ。
田島　何が嬉しいんです！
連行　嬉しくないよバカ。（まだニヤニヤしてはいる）
田島　（深くタメイキ）
連行　まさかおまえ、入水自殺でもする気じゃないだろうな。いやこりゃ実に心配になってきた。女に惚れられて死ぬなんてのは悲劇でもなんでもないぞ。喜劇だ。茶番だ。滑稽の極みだね。誰《だあれ》も同情なんかしやしない。入水自殺なんかやめたほうがいい。
田島　なんで入水自殺に限定するんです。しませんよ自殺なんていう浅はかなマネ。（と顔を見て）ニヤニヤしないでもらえませんか。
連行　（真顔を作り）名案。
田島　はい？
連行　名案思いつき候。
田島　なんですか。
連行　よく聞け。まずすごい美人をどこからか見つけてきてね、
田島　どこから。
連行　どこかから。で、その人に事情を話しておまえの女房という形になってもらうんだよ。

田島　いますもん僕女房。
連行　形だよ形。嘘の女房。
田島　嘘の。
連行　嘘の。でその嘘女房を連れておまえのその女たち一人一人を歴訪する。効果てきめん。女たちはみんな黙って引き下がる。な。
田島　……。
連行　どうだ。やってみないか。
田島　……。

2　準備

連行は消え、田島の位置はそのままに、そこはバーになる。
マスターと、三人のホステス。

マスター　しかしそれでよくすんなり見つかったもんですね、そんなすごい美人。
ホステス１　全然すんなりなんかじゃないんですって。
ホステス２　ダンスホール、待合、喫茶店、オフィス。
ホステス３　デパアト、工場、映画館、はだかレヴュウ。
ホステス１　さんざっぱら探しまわったんですって。ね、田島先生。
田島　（マスターに）いないねすごい美人てのは。醜くてすごいものばかりで。
ホステス達　傷つくわ……。
田島　いやはや大変だった。ミスなんとかの美人競争の会場にかけつけたり、取材見学と称して映画のニューフェースとやらの試験場に紛れこんだり。
マスター　田島先生は理想が高いからなぁ。不美人と一緒に歩くと腹痛が出るっていうんだから。
田島　誰だって出るだろう。出ない？
ホステス３　田島先生おかわりは？
田島　もらおうか。
ホステス３　同じの？

田島　同じの。ちょっと手洗いに。

田島、立ち上がり、離れた位置にある便所へ――。

マスター　虚栄心のかたまりだな……。
ホステス3　そこがまたいいんですよ。
ホステス2　（同意して）ねえ。
マスター　わかりませんね。
ホステス3　なーに、マスター嫉妬してるんですか？
マスター　してないよ嫉妬なんて。
ホステス1　どれだけの美人なのかしらね。
ホステス2　え。
ホステス1　その闇屋の、かつぎ屋の女。
マスター　かつぎ屋？
ホステス3　田島さん、そのすごい美人とやらがどこ探しても見つからなくってね、絶望して闇市をうろついてたんですって、新宿駅裏の。
マスター　うん。
ホステス2　そこで声を掛けられたんですって。
マスター　かつぎ屋に？
ホステス1　これまで何度か闇米のとり引で会ったことのある女《ひと》だったそうなんだけど、その日は同じ女《ひと》とはわからないほどの美人だったんですって。あたしたちと違って。ね。
ホステス2　ごめんなさい、一緒にしないでいただけます？

ホステス達　傷つくわ……。

ホステス1　……。

流れていた音楽消え、別の空間には闇の料理屋でガツガツと食事をしているキヌ子の姿が浮かび上がる。
傍に店の者（女性）。

キヌ子　（店の者に）あらあの人は？　田島さんだっけ？
店の者　今、御不浄に。
キヌ子　また？　さっきも行ったのよ。
店の者　はあ。
キヌ子　食事中に。（大声で）田島さぁん！　田島さぁん！

別の空間に、便所で小便を終えんとしている田島が浮かび上がる。

田島　（大声で）なんだい！
キヌ子　何？　食あたり？
田島　違うよ。
キヌ子　（聞こえず）下痢？　お腹下してんの？
田島　違うって！（慌てて戻る）
キヌ子　（店の者に）あ、牛の串焼きと支那そば、いただける？
店の者　はい。
田島　（戻ってきて）大声出すなよ、他のお客さんもいるんだから。（店の者に）すまないね。

キヌ子　ふぅん。腹水の陣ってとこね。

店の者　いえ……。

キヌ子　あ、姉ちゃん、あとキントンが出来ないかしら。

田島　（ものすごく驚いて）まだ食うのかい!?　胃拡張と違うか。一度医者に見てもらったらどうだい？

キヌ子　できるのできないの？

店の者　できます。お待ちください。（去る）

田島　さっきから随分食ったぜ……トンカツ、焼きトン、鳥のコロッケ、マグロの刺身、イカの刺身、にぎり寿司の盛り合わせ、海老サラダ、よせ鍋、

キヌ子　ケチねえあなたは……。

田島　いや、ここの店はあまり安くないんだよ。君はいつもこんなにたくさん食べるのかい？

キヌ子　人の御馳走になる時だけよ。女はたいてい御馳走になりゃ食べるわよこのぐらい。「もうたくさん」なんて断ってるお嬢さんやなんか、あれはただ、色気があるから体裁をつくろってるだけなのよ。

田島　それじゃあまあ、それはいいから、俺の頼み事も聞いてくれよ。

キヌ子　でも仕事を休まなきゃならないでしょ。損よ。

田島　それは別に支払う。君の例の仕事で儲ける分ぐらいは、その都度きちんと支払うから。引き受けてくれるよね？

キヌ子　バカだわあなたは。まるでなっちゃいないじゃないの。

田島　そうさ。まるでなっちゃいないからこそこうして君に頼んでるんだ。往生してるんだよ。

キヌ子　何もそんな面倒なことしなくたってもう会わなきゃいいじゃないの。

田島　そんな乱暴なことはできない。相手の女性の気持ちをきちんと決めさせるようにするのが男の責任だよ。

キヌ子　ハッ！　とんだ責任だ。別れ話だのなんだのと言って結局またイチャつきたいんでしょ？ほんとに助平そうなツラしてる。

田島　あまり失敬なことばかり言うと怒るぜ僕も。失敬にも程ってもんがある。食ってばかりいるじゃないか。
キヌ子　ただ田島さんについて歩いてればいいの？
田島　まあそうだよ。ただし条件が二つある。よその女の人の前では一言ものを言ってくれるな。笑ったり、うなずいたり、まぁせいぜいそのぐらいのところにしておいていただく。
キヌ子　笑ったりうなずいたり。
田島　うん、もう一つはその女《ひと》たちの前で物を食べないこと。僕と二人きりになったらいくら食べたって構わない。
キヌ子　支払いのほうは本当に大丈夫なんでしょうね。あなたはケチで、ごまかすから。
田島　心配するなって。僕だって今が正念場なんだ。この大作戦が失敗したら身の破滅さ……。
キヌ子　ふぅん。腹水の陣ってとこね。
田島　フクスイ？　背水だろ馬鹿。
キヌ子　そう？
田島　（しみじみと）君はあれだな……馬鹿だなぁ……。

音楽。
映像と俳優による見事なオープニング。

3　行進其之一（青木さん）

とあるデパート内にある美容室。

この店の「先生」である青木保子は、三十歳前後の戦争未亡人。

「2」のバーにいたホステス1の髪を切っていた青木さんの前に、突如、キヌ子を連れ添って来店した田島、という絵面で明転。

店には他に二人の美容師（女性）がいる。

青木さん　奥様……。
田島　疎開先からこの度呼び寄せたのです。（キヌ子に）青木保子さん。
キヌ子　（大きく何度からなずく）
田島　……。
青木さん　（泣きそうな顔で）青木です……。
キヌ子　（うなずく）
田島　松坂屋で買い物したいと言うので、だったらついでに七階の美容室にと。
青木さん　そうですか……。
田島　というわけで女房の髪をひとつ、いじってやってください……。（キヌ子に）パーマだろ。
キヌ子　（突如けたたましく笑う）
田島・青木　……。

田島　パーマを。軽く。
青木さん　はい。どうぞ（美容師に）代わって。
美容師　はい……。
田島　僕はそちらで待たせてもらいます。
青木さん　（うなずくのみで）……。

田島、傍の長椅子に座る。
ホステス1を挟んで、キヌ子と田島、という位置関係が望ましい。

ホステス1　（小声で）先生。田島先生。
田島　あ！
ホステス1　例の？　かつぎ屋の？
田島　シッ！

美容師は青木の様子が気になって、ほとんど手先を見ておらず、にも拘らずハサミを動かすものだから、ホステスの髪は見るも無残にバッサバッサと刈り込まれてゆく。
それでホステス1は一応黙るが、意識は散漫で、髪の毛のことには気づいていない。
やがて青木がすすり泣き始める。

別の美容師　（思わず近づいて）先生。
青木さん　大丈夫です……。
キヌ子　（笑う）

人々　……。
美容師　（ホステスの頭を見て）あ！
ホステス1　どわあ！　髪の毛が、髪の毛がー！

ホステスに平謝りの美容師。

美容師　申し訳ございません！
ホステス1　これからお店なのよ！
美容師　お代のほうはいただきませんので。
ホステス1　あたりまえです！　かつら！　かつらないのかつら。
美容師　先生。（と見るが）
青木さん　（目に入らぬかのようで）
別の美容師　こちらへ。お似合いかどうか……。

ホステス、美容師、別の美容師、わたわたと去る。
短い間。

田島　失礼しよう。
キヌ子　え……!?

田島、札の束を青木の白い上衣《うわぎ》のポケットに滑り込ませる。

田島　グッドバイ……。
青木さん　……。

キヌ子、立ち上がる。
かすかに、デパートの店内の喧騒が聞こえるなか、青木は無言で、キヌ子のスカートなどを直す。
田島、一足先に店の外へ――。

青木さん　……。
キヌ子　……。

キヌ子、無言のまま軽く会釈し、青木が会釈を返すと、外へ出て行く。

青木さん　……。

美容室、消える。
別の場所（デパート内）に、感傷にひたる田島。
やってくるキヌ子。

キヌ子　（あっけらかんと）そんなにうまくもないじゃないの。
田島　何が。
キヌ子　髪をとかす手が雑だったわ。
田島　（一瞬ムッとするが、こらえる）……。

キヌ子　これでもうおしまい？
田島　そうだよ。おしまい。
キヌ子　あんなことでもう別れてしまうなんてあの子も意気地がないわね。ちょっとべっぴんじゃない。あのくらいの器量があれば
田島　（遮って一喝）やめろ！
キヌ子　（笑って）なにさ。
田島　（大声を自戒しつつ）あの子だなんて失敬な呼び方はよしてくれ。おとなしい人なんだよあの人は。君なんかとは全く違うんだ。あの人は他人の悪口なんか決して言わなかった。お金もほしがらなかった。よく洗濯もしてくれた……（キヌ子が合いの手を入れるので）ちょっと黙っててくれ。君の声聞いてると気が狂いそうになる……！
キヌ子　おやおや、おそれいりまめ。
田島　つまらん駄ジャレ言うな……！
キヌ子　（売り場を見て）まあ、洒落たバックね。
店員　いらっしゃいませ。
キヌ子　これおいくら？
店員　八千円でございます。
キヌ子　（田島を見る）
店員　（田島を見る）
田島　じゃあそれ、いただきます。
店員　ありがとうございます。
キヌ子　このスカーフとこのブローチも。
田島　おい！

店員　二万九千円になります。
田島　二万……勘弁してくれよ。
キヌ子　仕方ないわねぇ。じゃこれやめてこっちでいいわ。
店員　三万二千円になります。
田島　高くなってるじゃないか！

キヌ子、田島の財布からゴッソリと札を抜き、返す。

キヌ子　まだそんなに入ってるじゃないの。
店員　お会計こちらで。（行く）
キヌ子　（行きながら）帽子売り場は何階？
店員　五階でございます。

一人残された田島。
明かりが変わると連行がいる。（デパートの喧騒とBGMは消えている）

連行　三万七千円は痛いな……。
田島　金の亡者なんです。
連行　でもまあ、金はかかるよ。
田島　はあ……。
連行　それにまた、選ぶ品物のセンスがいいっていうのが悔しいところだな。
田島　ええ、似合うんですよ……。

連行　才物田島周二も形無しといったところだ。
田島　連行先生、そんなことより僕ですね、早くも悔やみ始めているんです。
連行　ホレちまったのか……。
田島　はい？
連行　サッサとものにしちまえそんな生意気な女。
田島　彼女のことじゃありませんよ。青木さんです。美容師。
連行　ああ。
田島　すっかりメランコリーなんですよ。別れるべきじゃなかったんじゃないかって。
連行　一人目で何言ってるんだい。
田島　彼女こそ僕にぴったりの女性だったような気がするんです。いいひとでした。洗濯だってしてくれたんです。
連行　洗濯なんざ黒んぼでもするさ。おまえさんが臭かったんだろう。
田島　失敬なこと言わないでください。
連行　何のための決断だったんだ、葬式の帰りのあれは。え？　すべてやめて真面目に暮らすんだろう？
田島　そうですね……そうでした……忘れます。青木さんは初めからいなかったんです。
連行　そうだよ。それよりその生意気な大食らいをものにするんだよ。
田島　しかし、なんかおかしくありませんか。
連行　なにが。だいたい君だってただ者じゃないんだ。闇商売で数十万を楽にいっぺんにもうける男なんてそうそういない。女ごときにさんざん無駄遣いされて、黙って海容の美徳を示してるなんて、君らしくもない。
田島　（少しその気になり）まったくです。考えてみればそれ相応のお返しをもらって当然だ。
連行　そうさ。別離の行進はそれからでも遅くはなかろう？　まずその女を完全に征服し、従順で、質素で、少食の女に変化させ、しかるのちに行進を続行すればいいさ。

田島　（すっかりその気になり）そうですよね……。たしかにおっしゃる通りだ。今のままだととにかく金がかかって行進の続行すら不可能です。

連行　勝負の秘訣は敵をして近づかしむべからず、敵に近づくべし。（以下、ヤケにテキパキと）住まいは知ってるのか。

田島　いえ、世田谷の木造アパートだってことしか。

連行　電話番号は？

田島　知ってます。共同電話ですけど。

連行　だったら電話の番号帳で住所を調べられる。

田島　はあ……。

連行　何をグズグズしてる。サッサと調べて乗り込みたまえよ。ウイスキイ一本とピイナツ二袋だけ持って行けばいい。

田島　ウイスキイですか。

連行　腹が減ったら何かおごらせりゃいいんだ。君はウイスキイをガブガブ飲んで酔いつぶれたフリして寝ちまえばあとはもうこっちのもんだ。第一ひどく安上がりじゃないか。部屋代もいらない。

田島　なるほど……。

連行　強気でいけ強気で。君は田島周二なんだから。

田島　はい！

転換のステージング。

4　怪力

そこはキヌ子の貧乏アパート。
狭い部屋に、かつぎの商売道具、石油缶、りんご箱、一升瓶、鳥かご、紙くずなどが散乱していて足の踏み場もない。
もんぺ姿の、ひどく髪の乱れたキヌ子が、玄関先で田島と対面している。

キヌ子　あんたか……なにしに来たの……？
田島　（紙袋を手に）あそびに来たんだけどね……（あまりの散らかり様とキヌ子の居住まいに呆れている）
キヌ子　なんか魂胆があるんだね。あんた無駄には歩かない人なんだから。
田島　ないよ魂胆だなんて。しかし……汚すぎるじゃないか。
キヌ子　今日はちょっと重いものを背負《しょ》ったから、少し疲れて今まで昼寝をしていたの。入ったらどう？
田島　うん、じゃあ、失礼して……。

田島、外套も脱がずに、様々なものを踏みながら、畳の比較的無難な場所に座る。

キヌ子　あなたカラスミなんか好きでしょう？　酒飲みだから。
田島　カラスミ？　大好物だよ。じゃあひとつごちそうになろうか。

キヌ子　冗談じゃないわ。（手を差し出して）お出しなさい。

田島　君のすること成すこと見ているとまったく人生がはかなくなるよ。ひっこめろ。カラスミなんかいらねえや。

キヌ子　安くしといてあげるったら。ばかねえ、おいしいのよ本場ものだから。ジタバタしないでお出し。

田島　……。

田島、仕方なく、財布から出した札三枚をキヌ子の掌に載せてやる。

キヌ子　もう四枚。

田島　バカ野郎。いい加減にしろ。

キヌ子　ケチねえ。一ハラ気前よく買いなさい。鰹節を半分に切って買うみたい。ケチねえ。

田島　（半ばヤケになって）ほら、一枚、二枚、三枚（と載せ）これでいいだろう。手を引っ込めろ。君みたいな恥知らずを産んだ親の顔が見たいや。

キヌ子　あたしだって見たいわ。

田島　!?

キヌ子　そうしてぶってやりたいわ。捨てりゃネギでもしおれて枯れるってさ。

田島　……。

短い間。遠くからピアノの音が聞こえている。

田島　身の上話はつまらん。コップを貸してくれ。これからウイスキイとカラスミだ。ピイナツもある。

キヌ子、りんご箱の上にグラスを置く。

田島　（鼻をクンクンさせていたが）そのモンペはひどすぎるんじゃないか。

キヌ子　（カラスミを切りながら）なにがさ。

田島　非衛生的だ。臭いよ。

キヌ子　上品ぶったってダメよ。あなただっていつも酒臭いじゃないの。いやな臭い。

田島　（笑って）臭い仲か。ケンカするほど深い仲ってね。

キヌ子　（反応しない）

田島　聞いてる？

キヌ子　召し上がれ。（と汚いドンブリに山盛りのカラスミを出し、味の素をかける）

田島　なにそれ。

キヌ子　味の素。サービスよ。（かけつづける）

田島　君は自分でお料理したことある？

キヌ子　やればできるわよ。面倒臭いからしないだけ。

田島　洗濯は？

キヌ子　バカにしないでよ。あたしどっちかと言えばきれい好きなほうだわ。

田島　きれい好きだあ？（まだかけているので）かけすぎだろう。

キヌ子　心配しなくていいわよ、サービスだってば。

田島　サービスったって。真白になっちゃったよ。

キヌ子　この部屋は元から汚くて手がつけられないのよ。

キヌ子、ウイスキイをグイとあける
田島、負けじとウイスキイを飲み、むせる。

キヌ子　（かまわず自分のグラスにウイスキイを注ぐ）
田島　（キザに）ピアノが聴こえるね……ラジオかな。
キヌ子　あなたに音楽がわかるの？　顔が音痴だわ。
田島　ばか、音楽通だよ。
キヌ子　じゃ、あの曲は何？
田島　え。ショパン。ヘ長調の三番。（出まかせである）
キヌ子　へえ、越後獅子かと思った。

少し、ピアノだけが聞こえる時間。

田島　君もしかし、誰かと恋愛した経験はあるんだろうね。
キヌ子　ばからしい。あなたみたいな淫乱じゃありませんよ。
田島　言葉をつつしんだらどうだい。（ウイスキイを飲んで）恋愛と淫乱は根本的に違いますよ。君はなんにも知らないな。（また飲んで）ああ酔った。すきっ腹に飲んだのでひどく酔った。
キヌ子　……。
田島　ちょっくらここに寝かせて（もらおうかな）
キヌ子　（かぶせて蛮声で）駄目よ！
田島　……ちょっと横にならせてもらうだけだよ。
キヌ子　馬鹿にしないで。見えすいてるわ。泊りたかったら五十万、いや、百万お出し。

田島　何も君、そんなに怒ることないじゃないか。酔ったからちょっと――
キヌ子　駄目駄目。お帰り。（とドアを開ける）
田島　キヌ子、
キヌ子　呼び捨てにするな！
田島　永井さん。帰るよ。帰るから落ちつきたまえ。
キヌ子　……。
田島　お邪魔しました。また電話するから。
キヌ子　早く靴はいて。
田島　（見つめて）永井さん……。
キヌ子　何よ……。
田島　好きだ！

田島、いきなりキヌ子に抱きつく。
キヌ子、田島を玄関の外へ引きずり出すと、一発、続けてもう一発、田島を殴る。

田島　（上ずった声で）許してくれぇ！　泥棒ぉ！

キヌ子、田島を足払い。
奇声をあげて転倒する田島に構わず、キヌ子は部屋のドアを閉める。

田島　（ドアの外で、うめくように）あのぅ、すまないけど、僕の靴を……それからヒモのようなものがありましたらお願いします。眼鏡のツルが壊れましたから……。

キヌ子、ドアを開けるとそこらにあったヒモと田島の靴を放り投げ、すぐに閉める。

田島　ありがとう……。

田島、そう言いながら階段を降り、踏みはずしてまた奇声をあげる。

5　腹心

オベリスクの編集部が浮かび上がる。
各々の仕事をしている編集部員A（男）、B（女）、C（女）。

編集部員B　（電話の相手に）はあ……はあ……もちろんそれは重々承知しております……はあ……それはもう創作物ですから、そう一朝一夕にパパッと仕上がるものだとは、ええそれはもう。では先生がお帰りになりましたら恐縮ですが、編集部まで一本お電話をいただけますようお伝えくださいませ。なにぶん明後日の夕方には写植を打ち終えて印刷所に回さないことには発売が……（切られた）
編集部員A　船戸先生？
編集部員B　（受話器を置いて）ええ。例によって例の如しで。
編集部員A　奥さん？
編集部員B　いえ。御本人ですが奥様のフリを。
編集部員A　ああ……。
編集部員B　ヘソ曲げられると厄介なんで、私も一応だまされてるフリを。
編集部員A　うん。
編集部員B　あちらも私にバレてるってわかってるんですよ。
編集部員A　（面喰らって）そうなの……⁉

編集部員B　途中からもう声色作るのすらやめてましたから。
編集部員A　……。
編集部員C　（Bに）さし絵、間に合うの？
編集部員B　さあ、なんとも。
編集部員C　水原さんに電話しておいたほうがいいんじゃない？　昼間のうちにたっぷり寝ておいてもらって。
編集部員B　ですね。

清川が鞄片手に汗を拭きながら入室して来る。

清川　戻りました。伊達先生の玉稿拝受しました。
編集部員A　御苦労様。
清川　編集長まだですか。

と、清川は不在の田島の机に目をやる。

編集部員A　うん。混んでるのかな病院。遅くとも三時半にはって電話があったんだけど。
清川　ひどいんですかね、ケガ。
編集部員A　頭を打ったんで外傷より中身が心配だって言ってたよ。
清川　ああ。（鞄の中を見て）あれ……。
編集部員B　どうしたんですか？
清川　いや、頂戴した原稿が……あれ。

編集部員A　なに、ないの？
清川　（慌てる素振りもなく）ないわけがないですよ。（と中の物を次々と出して）……。
編集部員C　ないんですか？
編集部員A　おいおい。ないじゃ済まないぜ。
清川　（出した物をじっと眺めていたが、やがて）これ、僕の鞄じゃないな。
皆　ええ⁉
清川　間違いなく他人《ひと》の鞄です。伊達先生の原稿が入ってるほうがおかしい。
編集部員A　清川君の鞄はどこなんだ。
清川　市電です。網棚の上。僕が間違えて隣の人の鞄を持って来てしまったんですね。
編集部員A　クヌギ君、市電会社に電話。
編集部員C　はい。
清川　いや、大丈夫でしょう。
編集部員A　どうして。
清川　車中でこの鞄の主と世間話をしたんです。彼は僕がここで働いていることを知っています。
編集部員A　だからって君、初対面の人間が
清川　そう慌てないでくださいよ。（と鞄から出した封筒を）これだ。
編集部員A　なんだいそれ。
清川　契約金です。周旋屋なんですよ。

と、そこへ、その鞄の主が息を切らせて駆け込んで来る。

鞄の主　ごめんください！

清川　お待ちしてました。

鞄の主　ああよかったいらっしゃった。すみません。

清川　いえ、間違えたのは僕ですから。これですね。

鞄の主　ああよかった。

清川　びっくりしましたよ。開けてみたら僕のものが何ひとつ入ってないから。

鞄の主　すみません本当に。

清川　いいんですよ。

鞄の主　私もまったく気づかなくて。なんか原稿のようなものが入っていたんで、なんだこれはと最後まで読んで初めて「あ、これ自分のじゃないな」って。

清川　ああ……。

鞄の主　ええ……。そうだ、ちょっとよろしいですか。

清川　ええ、なにか？

編集部員B　お茶を

編集部員A　（小声で制し）いいよ。

鞄の主　仮面の男が女装の小人に階段の上からヘラジカの角を手渡すところがありますよね。

清川　ああ、あったような。

鞄の主　十三枚目かな。

清川　十三枚目（と原稿の文字を探して）……ああここだ。

鞄の主　これ、差し支えないなら階段の上からじゃなくて下からのほうがよくはありませんかね。仮面の男は足をケガして後から入ってきたわけですし、こう、高さの面でも相手は小人だから。

清川　たしかにそうですね。えっと、赤えんぴつ。

編集部員C　はい。（と渡す）

鞄の主　それから十八枚目の、後ろから七行目かな。神武東征は即位の八年前と書かれてますけど、紀年法だと十一年前になりますよね。
清川　かな。
鞄の主　そうなんですよ。だとすると国主の金印の件は矛盾してくるんじゃないかなと。
清川　ああ。
編集部員A　クヌギ君、お茶。
編集部員C　はい。
鞄の主　あ、いえいえもう失礼しますから。すみません、一介の周旋屋が出しゃばったことを言って。
皆　いいんですよ。（など）
清川　いいんですよ。助かりました。
鞄の主　これ、少ないですけど。（と封筒の中から札を数枚抜いて清川に）
清川　困るな、間違えたのは僕なんだから。
鞄の主　いやいや、どうぞお納めを（渡す）。お邪魔いたしました。

皆、頭を下げる。
そこへ頭に包帯を巻いた田島が来る。

田島　？
鞄の主　失礼致します。（田島に気づき）あ、失礼致します。
田島　どうも。御苦労様です。

鞄の主、去った。

田島　誰だっけ？

清川　さあ、名前は。大丈夫なんですか。（頭のケガのこと）

田島　大丈夫大丈夫。それよりどう？　キミヅカどう？

編集部員A　はい？

田島　似合う？

編集部員A　包帯がですか？

田島　バカ、

編集部員C　メガネですよ。

田島　お、さすがクヌギ君。

編集部員A　新丁したんですか。

田島　そうだよ。どう？

編集部員B　お似合いです。

清川　前のほうが似合ってましたよ。

田島　……そう？

清川　ええ、前のほうが段違いに似合ってました。

田島　そうか……俺もこういう丸いのはどうかと思ったんだけど、眼鏡屋が流行りだっていうから。

清川　大失敗ですよ。

田島　うん。（本心で）気持ちいいよおまえはハッキリ言ってくれて。いいさ、また買えば。

清川　そうですよ。伊達先生の原稿です。

田島　おう、御苦労さん。

清川　いくつか気になるところがあったんで赤入れております。
田島　とりあえず読むよ。（と受け取って）以上で揃ったのかな。
編集部員B　船戸先生のお原稿がまだ……。
田島　押しかけていけよ。
編集部員B　いくら呼び鈴押してもお出にならないんです。
田島　水原くんのさし絵が間に合わなくなるだろう。
編集部員B　今日中には必ずいただけるようにします。
田島　頼むよ。間に合わなくなっちゃうよ水原くんのさし絵が。可哀想だろ毎号毎号。
編集部員B　はい。私、行ってきます。
田島　うん。
編集部員C　行ってらっしゃい。
編集部員A　行ってらっしゃい。

編集部員B、答えずに出て行く。
少しの間、漠然とした時間が流れる。
編集部員Aは編集部員Cをチラチラ見ていたが――

編集部員A　そうだクヌギくん。
編集部員C　はい。
編集部員A　ちょっといいかい、資料倉庫に。占いのページのあれを。
編集部員C　はい。

編集部員A、C、去る。

田島　フフフ……コソコソしやがって。

清川　はい？

田島　キミヅカとクヌギだよ。つきあってんだよあいつら。先週だったかも給湯室でキッスしてやんのよ。

清川　（興味無さそうに目を机に戻し）そうなんですか。

田島　……。

清川　そうだ、田島さん。

田島　（思わず）はい。

清川　さ来月号あたりヘレン・ケラーの来日に合わせて特集組みませんか。二ヶ月滞在するらしいんですよ。

田島　ああ、そうね。

清川　十一年ぶりですし。彼女親日家ですから例えば……肥野藤寂蓮《ひのふじじゃくれん》先生と対談なんてのも考えられなくはないと思うんですよ。

田島　そうだな。

清川　ええ。詳細考えてみていいですか。

田島　もちろんもちろん。

清川　ありがとうございます！

電話が鳴る。

清川　（とって）はい、オベリスク編集部。はい。（田島を見て）少々お待ちください。（田島に）永井さんていう女性からです。
田島　ああ……。（受話器に）田島です。

別の場所にキヌ子が浮かび上がる。

キヌ子　あたし。
田島　はい。（まっすぐな視線で見つめている清川を気にしながら）
キヌ子　電話したんでしょ？　なに？
田島　いや、昨日は大変失礼を致しまして、ハハハハ。
キヌ子　女が一人でいるといろんなことがあるわ。気にしてやしませんよ。
田島　いや、僕もあれからいろいろ深く検討させていただきましてね。
キヌ子　なにを。
田島　ですから例の計画です。私がその、それぞれの先生とのやりとりを一度白紙にして、田舎から女房……（清川を気にしながら言い直し）大先生とその娘さんをお呼びして、安泰という計画です。これはいかがお考えですか。
キヌ子　何をおっしゃってるのでしょうか。
田島　だから！
キヌ子　ははぁん。周りに聞かれたくないのね。
田島　そうです！
キヌ子　自宅にかけても出なかったから会社にかけてあげたのよ。文句言われる筋合いはありません。
田島　もちろん異論はありませんよ。どう思われますか例の企画案を。

キヌ子　いいんじゃない？　結構なことよ。男の人は誰でも、お金がうんと貯まるとそういうケチくさいことを考えるようになるらしいわ。よっぽど貯めたな。
田島　資金運用のことばっかりおっしゃらず……思想上のね、その、問題なんですがね。どうお考えになります？
キヌ子　何も考えないわ、あんたのことなんか。
田島　それはまぁ無論そういうものでしょうが、当編集部としてはこれは、よいことだと考えるんです。
キヌ子　そんならそれでいいじゃないの。切るわよ。
田島　まあそうおっしゃらずに。当方にとってこれは死活問題なんですよ。どうか継続してお考えを。なんとか助けていただきたいんです。
キヌ子　電話を切ってもいいんでしょう？　なぜかあんたの声聞いたとたんにおしっこが出たくてさっきから足踏みしてるのよ。
田島　ちょっと待ってください。一人に、（言い直して）一企画につき三千円でどうです。
キヌ子　それに御馳走がつくの？
田島　いや、そこを助けてください。
清川　田島さん。
キヌ子　一万でなくちゃいや。
田島　五千円。ねぇそうしてください。これは道徳の問題ですからね。
キヌ子　おしっこが出たいのよ。もう堪忍して。
清川　田島さん。
田島　少々お待ちを。（と受話器を手でふさぐ）
キヌ子　え!?

清川 僕がかわりますよ。
田島 なんで……！
清川 かわります。（と受話器を奪おうと）
田島 いいよ！
清川 どこの出版社です。それとも企業家ですか。
田島 え？
清川 のっとりでしょ？　誌面一新なんて僕は反対です。そんな横暴に応じる必要ありませんよ。
田島 違うって。（受話器に）もしもし。
清川 （奪って）電話代わりました。オベリスクはこのままいきますよ。断固このままいきます。出版自由化が何だ！　われらがオベリスク誌を品のない下衆なカストリ雑誌に堕落させるようなマネは絶対拒否します！　もしもし！　もしもし！
田島 切れてるよ。

キヌ子、消えている。

清川 こっちからかけましょう。何番です。（と再び受話器をとる）
田島 （のを戻して）誤解だよ！
清川 何が誤解です。それぞれの先生とのやりとりを一度白紙に戻せって言うんですよね⁉　田舎から大先生と娘さんを呼んで安泰って、大先生⁉　何を書くんですかその先生は。赤線の探訪記事？　性生活の告白記事ですか？　どうせその、娘さんてのが性的興奮を煽る写真のモデルなんじゃないですか⁉
田島 汗を拭け、汗を。

清川　田島さん、編集長。（と田島の手を握って）たしかにここ数か月売り上げは芳しくありません。けど、あと三年、いや、せめて二年は頑張りましょうよ。

田島　（何か言おうとする）

清川　（のを遮って）誇りをもちましょう。月刊オベリスク。編集長としての。編集部員としての誇りを。

田島　（何か言おうとする）

清川　（のを遮って）月刊オベリスク。素晴らしい誌名です。古代エジプトの太陽神のシンボル。エログロ雑誌には似合わない。僕はね編集長、田島さん、オベリスクのためなら、一月《ひとつき》やそこら一睡もしなくたってなんでもありません！

田島　うん……（汗を拭ってやる）

清川　すみません……。

田島　ありがとう……。

清川　いえ……。すみません一月寝ないのは無理です。三日ぐらいなら。相当頭はボォッとしますけど。

田島　嬉しいよ……。安心しろ。オベリスクの誌面をのっとられるようなことは俺がさせない。

清川　約束ですよ。

田島　約束だ。手強いが踏ん張る、俺にまかせろ。なんとか阻止してみせる。

清川　はい……！　すごいなやっぱり。

田島　なにがだよ……。

清川　尊敬してます！（と握った手に力を）

田島　いててて！

清川　すみません。

田島　いてえよバカ！

清川　すみません。よぉし、働くぞ！（と机に向かう）

熱っぽい表情で机に向かう清川を、複雑な表情で見つめる田島――。

6　行進其之二（水原ケイ子画伯）

歩いて来る田島とキヌ子。

田島　本人はいたって物腰柔かい人なんですけどね、厄介なのが、彼女には乱暴者の兄っていうのがいましてね、最近シベリアから引き上げてきたらしいんですよ。それで、多分そんなことはないと思うんですけどね。万が一そいつが僕に殴りかかってきたりしたら、キヌ子さんそいつを軽くこう、とり押さえてください。

キヌ子　あんたよく恥ずかしくないわね、女にそんなこと頼んで。でっかい図体して。

田島　（異様にサバサバと）もうこの際恥ずかしいとかないんです。お願いしますね。僕隠れますからね

キヌ子さんの後ろに。

キヌ子　……。

田島　ここです。このアパートの二部屋を借りてるんです。住まいとアトリエと。

キヌ子　（冷ややかに）家賃、あんたが払ってんでしょ？

田島　もうここからは喋らないでください。（ノックして）ごめんください。

ケイ子の兄がドアを開ける。髭だらけの熊のような男である。

ケイ子の兄　（粗野に）なんじゃ……！

田島　（すでに萎縮していて）……昨夜電話しました雑誌社の者です。水原先生お加減いかがでしょうか。
ケイ子の兄　妹は風邪をひいて寝とる……！
田島　ほんの少しだけお会い出来ませんか……？
ケイ子の兄　（突如笑顔になって柔らかい口調で）はじめまして。
田島　!?　……はじめまして田島です。先生にはいつも大変お世話になっております。
ケイ子の兄　（ニコニコと）兄です。ケイ子の。
田島　はい。よろしいですか。
ケイ子の兄　（笑顔消えて）なにがじゃ……！
田島　いや、ですから
ケイ子の兄　（笑顔で）どうぞどうぞ。寝てますけど風邪ひいて。
キヌ子　（キチガイ？）
田島　（キヌ子に）シベリアに抑留中にいろいろあったんでしょう。
ケイ子の兄　何してんじゃ！
田島　お邪魔します。
ケイ子の兄　あどうぞどうぞ。気がつきませんで。どうぞ。

田島とキヌ子、中へ——。
ケイ子、布団に横になっている。

ケイ子の兄　ケイ子、（田島に）風邪をひいてしまって。（ケイ子に大声で）ケイ子！　起きろ！
田島　いえお兄様そんな、
ケイ子の兄　（かまわず）ケイ子！　何寝てんじゃ、まだ七時だぞ！（座布団を投げる）

田島　（制して）風邪をひいてるんですよ……！
ケイ子の兄　……。（静かに白い手ぬぐいをケイ子の顔にかける）
田島　（ので）やめましょうそういうの。（ととる）
ケイ子　（目を覚まし）田島さん……？
田島　やあ……。
ケイ子の兄　なぁにが田島さんじゃ。
ケイ子　（兄に）正《しょう》ちゃん⁉（強く）何、勝手に入って来てんの⁉
ケイ子の兄　（とたんにドギマギと）あ、そうじゃないんだよ。（田島を指して）入れって言うから。
田島　え⁉
ケイ子の兄　あとでまた来るよ。

ケイ子の兄、逃げるように出て行った。

ケイ子　二度と来ちゃダメ！
田島　お兄さんじゃないの……？
ケイ子　近所の頭のおかしいおじさん。
田島　ええ……⁉
ケイ子　兄だって言ってたの？
田島　うん……どうりでおかしいと思った。言ってないからね、入れなんて。
ケイ子　びっくりした……。兄は？
田島　さあ……たった今来たところなんで。
ケイ子　出かけたのかな……。

田島　さあ……。どうなの具合は。
ケイ子　たいしたことないの……。（とキヌ子を気にしている）
田島　……妻なんだ。
ケイ子　奥様？
田島　うん。君にどうしても似顔絵を描いてほしいと言うから連れて来たんだ。
ケイ子　（笑顔になって）水原です。はじめまして。
キヌ子　（その反応に面喰らいつつ頭を下げる）
ケイ子　（嬉しそうに）想像していたお顔とだいぶ違うわ。
キヌ子　（作り笑いをして田島を見る）
田島　（ケイ子に）君は僕が細君を連れてきて、その、何とも思わないのかい……？
ケイ子　何とも思わないわけないじゃない。とっても嬉しくってよ。とってもよ。あ！（と立ち上がり）
今、お茶を淹れますね。
田島　いや、いいよ、すぐ済むから。
ケイ子　兄さん。どこ行ってたの？

田島とキヌ子が振り向くと、ケイ子の本当の兄（健一）がいた。

田島　お邪魔しております。オベリスクの田島です。
ケイ子の本当の兄　ああどうも。いつもお世話になっております。
ケイ子　（兄に紹介するように）奥様。
ケイ子の本当の兄　ああ。想像していたお顔とだいぶ違うな。
ケイ子　でしょ。

ケイ子　何とも思わないわけないじゃない。とってもとっても嬉しくってよ。とってもよ。

田島・キヌ子　……。

と、正ちゃんがのそりと入って来る。

ケイ子　あ。
ケイ子の本当の兄　今そこでバッタリ会ってね。一度ウチに来てみたいって言うから。
正ちゃん　こんばんは。
ケイ子　こんばんはじゃないわよ。（兄に）さっきまでいたのよこの人。
ケイ子の本当の兄　え⁉
正ちゃん　え⁉
ケイ子　（追い立てるように）出て行ってよ！
正ちゃん　冗談じゃないよおい！（去る）
田島　（兄に）勝手にあがってきたみたいで。
ケイ子の本当の兄　（ケイ子に）だからってあの言い方はないぞケイ子。
ケイ子　ごめんなさい。
ケイ子の本当の兄　いいんだよ、わかりゃ。いやあ、しかし日本は暖かいですね。シベリアの極寒にすっかり慣れてしまったから。
田島　（深々と頭を下げ）御苦労様でした。
ケイ子の本当の兄　戦争が終ったことも半信半疑でした。
ケイ子　どこ行ってたのお兄ちゃん。
ケイ子の本当の兄　２０２の彼女がまた死のうとしてたんで、屋台連れてって慰めてた……。
ケイ子　また？（田島に）上の階の女の人。最近男の人にフラれたらしくて情緒不安定なの。

田島　そうなの。
ケイ子の本当の兄　どうもガス臭いと思ったら……。
ケイ子　お勤めも辞めちゃったんでしょ。（田島に）松坂屋に入ってる美容院の美容師さん。
田島・キヌ子　!?
ケイ子の本当の兄　よっぽど好きだったんだなぁ。ひどい男だよ……いきなり店に女房同伴で現れてね、札束で頬をはるような仕打ちをしたって言うんですよ。
田島　!?
キヌ子　ひどいですね。
ケイ子とその兄　ひどいでしょ。（とか）ひどいですよ。（とか）
キヌ子　またって、その、青木さんて方、初めてじゃないんですか？
ケイ子　これでもう三度目なのよ。
ケイ子の本当の兄　あれ。名前言いましたっけ？
キヌ子　え？
ケイ子の本当の兄　今、青木さんて。
キヌ子　言いましたよ。
田島　（キヌ子に）さあそろそろお暇《いとま》しようか。
ケイ子とその兄　まだいいじゃない。（とか）まだいいじゃないですか。（とか）
田島　お見舞いに寄っただけなんで。
ケイ子の本当の兄　まあ、そうおっしゃらず。お茶淹れますよ。
ケイ子　あたし淹れるわ。
ケイ子の本当の兄　おまえは病人なんだから田島さんに甘えてろ。
ケイ子　（照れるように）兄さんのバカ。もう治っちゃった。

ケイ子、去る。

ケイ子の本当の兄　（嬉しそうに）どっちだよバカは……。

田島　……。

ケイ子の本当の兄　日本に帰ってきても、女なんかみんなアメリカにやられて一人もいなくなっちゃってるんじゃないかと思ってました……あんな奴でも生きててくれて、本当によかった。……（強く）田島さん！

田島　（ドキリとして）はい。

ケイ子の本当の兄　奥さん。

キヌ子　はい。

ケイ子の本当の兄　不出来な妹ですが、どうか今後ともよろしくお願いします。（頭を下げる）

キヌ子　はい。

ケイ子の本当の兄　今さっき青木さんにも、その美容師にも言ったんです。男らしい男を見つけなさいって。

キヌ子　同感です。

田島　……。

ケイ子の本当の兄　男は女を守らなきゃいかん。田島さん、あんたは偉いですよ。奥さんと妹、二人もの女を守ってる。

キヌ子　二人どころじゃありませんわ。

田島　（かぶせて）お暇しよう。

ケイ子の本当の兄　おおいに結構。

田島　失礼します！　急用を思い出しまして。
ケイ子の本当の兄　そうですか。

田島、キヌ子を押し出すようにして出て行く。

ケイ子の本当の兄　またいつでもいらしてください。

間。

ケイ子　（戻ってきて）お帰りになったの？
ケイ子の本当の兄　ああ。急用を思い出したそうだ。
ケイ子　そう……。

気まずい沈黙。

ケイ子の本当の兄　ありゃうまくいってないよ。うまくいってる夫婦ってのは見りゃわかるんだ。ギクシャクしてたろ。
ケイ子　わかんない……。
ケイ子の本当の兄　してたよギクシャク。すぐだよ。兄さん、見りゃわかるんだ。泣くなバカ。

夜道を歩く田島とキヌ子。

田島　どういうつもりですか……。
キヌ子　何が。
田島　喋らないと約束したじゃないですか……。
キヌ子　あんたが真青になってたから助け舟を出してあげたんじゃないの。
田島　……。
キヌ子　まったくだらしがない……言葉もないわよ。
田島　いくらでも言ってください。今日はいい。特別です。だけど次は、
キヌ子　次？　次って、こんな失敗しておいてまだ続けるつもり？
田島　（ベソをかいて）僕にもわかりません！　永井さんどうしたらよいと思いますか。
キヌ子　知らないわよそんなこと。あたしは失敗しようが成功しようがお金もらえりゃいいんだから。
田島　失敗した場合は無報酬です。
キヌ子　（ものすごい声で）ああ!?
田島　当然でしょう。失敗した場合は払えませんよ。成功報酬です。そう言ったでしょう。
キヌ子　聞いてないわよそんなこと！
田島　ボンヤリして聞き逃したんでしょう、どうせ食べ物のことでも考えて、
キヌ子　（遮って）また殴られたいの？
田島　殴られたいわけがないでしょう。なんでも暴力と金で片づくと思ってるんですね永井さんは。
キヌ子　（胸ぐらをつかんで低い声で）払え。
田島　（即座に）払います。今回は払います。

田島、財布を出す。
キヌ子、奪って札を数枚抜きとり、突き返す。

遠くで犬が吠えている。

キヌ子　お腹すいたわ……。

田島　（財布からさらに数枚の札を渡し）一人で食べて帰ってください。僕はとてもじゃないけど喉を通らない。

キヌ子　（札を奪って）よかった。そんなしみったれた顔見ながら食べたらなに食べたってまずくなる。おやすみ。

田島　よく考えて、ひき続きお願いするようならまた連絡します。

キヌ子、振り向かずに歩いて行く。
と、キヌ子が進む方向から正ちゃんが来る。

正ちゃん　お。

キヌ子　あ、正ちゃん。おやすみ。

正ちゃん　はい、おやすみ！　（田島とキヌ子を交互に見て）なんじゃ、ついに別れたのかい。

キヌ子　そうそう、別れたの。ついに。

正ちゃん　（二人に）猫見なかったかい。うまそうな猫。

キヌ子　いいえ。

正ちゃん　そうか。あ、（ふと思い出したように田島に）むこうの路地の屋台で女が待ってってっぞ。

田島　え。

正ちゃん　（田島を指してキヌ子に）田島だろ。

キヌ子　田島。

正ちゃん　待ってるよ女が。
田島　誰だよ。
正ちゃん　美容師だよ。さっきから何べん言わせんだ。
田島　（思わずキヌ子を見る）
正ちゃん　（からかうように）行ってあげれば？　待ってるってよ。
キヌ子　うん、別れたなら調度いいしな。
正ちゃん　な。（田島に）行って別れたって伝えてあげなさいよ。
田島　行かないよ……。
正ちゃん　行かないとケンちゃんにとられちゃうぞ。
田島　ケンちゃん？
正ちゃん　ケイ子の兄ちゃん。
田島　……。
正ちゃん　（するどく）聞いとるのか貴様！
田島　（小さく）聞いてるよ……あの男、青木さんのこと口説いてたの？
正ちゃん　（あざ笑うようにキヌ子に）気になるんだよ。（で、田島に）美容師が泣いてるのをいいことに
接吻しようとして拒否されてた。
田島　そう……。
正ちゃん　美容師は、なんといったっけ、田島？　とかいう男が好きなんだってよ。
キヌ子　ほら。
正ちゃん　ほら。
田島　（正ちゃんに）行かないよ。今度のことで僕はいよいよ妻にしか興味がなくなった。
正ちゃん　そうかい。猫見なかったかい。

田島　（来たほうを指して）あっち走って行ったよ。
正ちゃん　ああそう！

正ちゃん、ものすごい勢いで走り去る。

田島　決めました。続けます。
キヌ子　（見ずに）お好きに。

キヌ子、去る。
と、いつの間にか四人の娼婦が、田島を見降ろすような位置に立っている。

娼婦A　お兄さん、一人？
田島　どうやらそうらしいね……。
娼婦B　ねえ時間あるんでしょ？
娼婦C　遊んでいきなさいよ。
娼婦D　あったためてあげるわよ。
田島　そんな心持ちじゃないんだよ……。
娼婦B　だったらどんな心持ちなのよ。
田島　死にたい心持ちだよ。
娼婦D　じゃ、一緒に死にましょ。
娼婦C　あたいが殺したげるわよ。
娼婦A　だめよ死んじゃっちゃ。

娼婦B　そうよ、生きて楽しまなくちゃ。
田島　もう充分楽しんだよ……。
娼婦D　あぁらごちそうさま。
娼婦C　暗いのね。
娼婦B　あたい日本の男の暗さ、好きよ。
娼婦C　あたいも。火照ってきちゃった。
娼婦A　脳天気なアメ公よりずっと好きさ。
娼婦D　じゃああたいも。
田島　（早くもその気になったのか）そう？
娼婦B　遊んでいきましょうよ。
娼婦A　お金ないの？
田島　金はある。
皆　（口々に）ほらぁ……！
娼婦C　じゃあいいじゃない！
田島　（意を決して）行くか。（笑顔になって）全員まとめて引き受けよう。

娼婦達とともに夜の町へ消えてゆく田島。
物陰に隠れて伺っていたキヌ子が姿を現し、無言で佇む。

キヌ子　……。

7　浮遊

清川と連行が浮かびあがる。
まだ、そこがどこなのかはわからない。

清川　だってカストリ一杯二十円、三杯飲めば百円。毎日飲んでれば酒代だけで月二千円にもなるじゃありませんか。僕の月給は千八百円ですよ。当分酒とは縁ができそうにありませんね。
連行　んなもん田島の奴にねだりゃいいじゃないか。
清川　編集長も以前ほどの余裕はないんです。
連行　余裕ないったって、あるだろう。いくら雑誌が売れなくても、何か別口の稼ぎで。
清川　闇物資の取り引きはもうやってません。
連行　なんだ知ってんのか……。
清川　社内の噂ですけど。切、足を洗ったそうです。
連行　（一人言のように）そうか……本当にやめたのか……。
清川　本当にって？
連行　いや。
清川　噂ですよ社内の。詳しくは知りません。知りたくないんです。知りたくないのに耳に入ってくる。疎開されてる奥様とお嬢さんへの送金も相当な額だと聞いてるし、とてもそんな。
連行　ああそう……へえ……。

女給が来るので、そこはどうやら例の闇食堂らしい。

女給　（連行に）先生、ビール入りましたよ。
連行　ビール⁉
女給　一本いかがです？
連行　いくら？
女給　百二十円。
連行　一本？　無理無理。カストリでいいよ。（清川に）もう一杯いくかい。
清川　いえ、僕はもう今夜は。
連行　遠慮するなよ。（女給に清川を紹介して）田島んとこの編集者。
女給　そうですか。
連行　清川くん。
女給　田島先生にはいつも。
清川　清川です。
連行　カタブツでね。こんな業界にいながら、はだかレヴュウも額縁ショウも行ったことねえっていうんだから。
女給　はあ……。
清川　（連行に）そうした雑誌じゃありませんから。
連行　そういう問題じゃねえよ。社会勉強だろ。川端や谷崎、見ろ。荷風なんか楽屋にいる裸の女たちと一緒に花札やってら。（女給に）ねえ。
清川　興味ないんですよ。（女給に小声で）あの人、一人であんなに食べたんですか。

清川　興味ないんですよ。（女給に小声で）
あの人、一人であんなに食べたんですか。

女給　（小声で）そうなんですよ。

少し離れた席にキヌ子がいた。

連行　え？（と見る）
清川　そんなじかに見ちゃ駄目ですよ。（キヌ子が見ている）にらんでるじゃないですか。（女給に）エビフライと、親子丼食べた上に、ビフテキ食べてますよね。
女給　そうなんです。いくつ胃袋があるんだか。
清川　そして連行先生、あの人、僕達が田島さんの名前言う度にチラチラ見るんですよ。
連行　どうしたらいい。
清川　いや、別にどうもしなくていいでしょうけど。

明かり変わり、別のエリアに田島とホステス2、3。
バーである。

田島　（嬉しそうに、そして安堵したように）そうですか。幸子の奴、やせてませんでしたか。
連行　ああ。むしろ、ふくよかなぐらいだったよ。
田島　そうですか……。
連行　（話を変えて）そうだ。有楽座のエノケンとロッパの合同公演、観てきたんだがね。
田島　（その話題は聞き流して）喜んでましたか幸子、羊の人形。
連行　ああ、喜んでたよ。
ホステス2　お子さん大きくなられたでしょう。

田島　（嬉しそうに）うん。
ホステス3　おいくつ？
田島　十月で五歳になる。
ホステス2　連行先生、田島さんの奥様とお知り合いなんですか？
連行　いや、たまたま彼の細君の疎開先にね、取材に行ったもんだから。（田島に）エノケンとロッパの合同公演、観てきたよ。
田島　（生返事で）ええ。
連行　喜劇王二人が初めて手を組むってんで客席は満席だったけど、どうもいかんな。熱度が違う。戦争中のほうがよく笑ってたね。不思議なもんだよ。今はもうアチャラカ劇みたいな馬鹿馬鹿しい悪ふざけを庶民は求めてないようだ。
田島　（ホステス達に満面の笑顔で）君達もサッサと結婚して子供をこしらえたまえよ。可愛いぞぉ。
ホステス2　じゃ、田島さん一緒にこしらえて頂戴よ。
田島　（笑って）他をあたれ、他を。
ホステス2　（田島に突き飛ばされる）
ホステス3　知ってるでしょ、先生そっちのほうは引退されたのよ。ね。
田島　（口ごもり）んん……。
ホステス2　どうなんですか、作戦のほうは。うまいこといってるんですか？
連行　（これにはくいつき）どうなんだ。
田島　まずまずですよ。
連行　まだ全員と別れちまったわけじゃないよな。
田島　実は、難航してます……。
連行　（なぜか嬉しそうで）そう。

田島　実にむつかしいもんですね、生身の人間相手っていうのは。そうそう着想通りにはいかないんだってことを思い知らされました。
連行　何人と別れたんだい。
田島　まだ一人です。その一人についても「はい、もう知りません」というわけには……。
連行　一人か。むつかしいよなぁ……俺もよくよく考えたんだがね。なにも無理して今全員と別れることもないんじゃないかな。
田島　（面喰らって）首謀者が何言い出すんです。
連行　いや、だから改めてあらゆる面から熟考してみたらだね、先日もエノケンとロッパの合同公演を観ながら――
田島　（遮って、強い口調で）何のための決断だったんですか、葬式の帰りのあれは……！
連行　うん……次回の予定は？
田島　来週の水曜日に、白金の病院に。
連行　看護婦か。
田島　女医です。話したことありませんでしたっけ。
連行　ああ、女医な。耳鼻科医だっけ。
田島　内科医です。
連行　内科だ内科だ。何て名前だっけ。
田島　名前までは言ってないでしょう。
連行　名前まではな。そりゃそうだ。
田島　ええ。
連行　真田？
田島　はい？

連行　三浦？　杉林。
田島　大櫛です。大櫛加代。
連行　大櫛加代。
田島　どうするんです名前聞いて。
連行　内科だろ。ここんとこ胃の調子が今一拍でね。
田島　なにもわざわざ彼女に診てもらうことないでしょう。やめてくださいよ。
連行　しかし、同じ聴診器あてられるなら、毛むくじゃらの男よりいいじゃないか。
田島　……。
連行　バカ、ヘンなアレじゃねえよ、ハハハ……白金のなんて病院だっけ？
田島　いいですって。

バーは消え、別のエリアが明るくなる。
田島のアパートの入り口である。
次の週の水曜日。午後。
キヌ子が足早に来る。

キヌ子　（ノックして）田島さん。（さらにノックして）田島さん！

返事、無い。

キヌ子　眠ってんの!?　田島！（ドアを蹴る）

返事、無い。
なんか嫌なトーンの鼻歌を歌いながら郵便配達員が来る。

郵便配達員　田島さん？
キヌ子　え？
郵便配達員　電報。
キヌ子　あ。（思わず受け取る）

郵便配達員、嫌なトーンの鼻歌を歌いながら去って行く。
キヌ子、逡巡しながら、手にした電報に目をやる。

キヌ子　電報きたよ！　田島、電報！（ごく短い間）読んじゃうぞ！（ごく短い間）いいんだな！（開いて読む）

舞台装置のどこかに電報の文面が投影される。
『サガスナ、アイソ、ツキタ。コンゴ、シオクリフヨウ。　ツマ』

キヌ子　……。

背後から機嫌よく田島が来る。

田島　あれ、永井さん？

キヌ子、ドキリとして、とっさに電報を口の中に押し込む。

田島　どうしたんですか。
キヌ子　（モゴモゴと）どこ行ってたの⁉
田島　ちょっと買い物に。何食ってるんですか？
キヌ子　（モゴモゴと）二時の約束でしょ⁉
田島　え、あ！　今日水曜か。火曜だと思ってた。
キヌ子　（モゴモゴと）水曜よ！
田島　こりゃしまった。（部屋の中へ入りながら）すぐ用意しますからとりあえず、中入ってください。どうぞどうぞ、散らかってますけどあなたんちに較べりゃ楽園です。

この間にキヌ子、口から出した電報をポケットに入れる。

田島　適当に座ってください。ズボン脱ぎますけど、はき替えるだけなんで、何もしないんで御安心を。
キヌ子　見ないわよ。
田島　見ようが見まいがお好きに。永井さんのことはもう女と思ってませんから。

アパートの隣の部屋から包みを手にした老婆が現れ、田島の部屋の前で立ち止まる。

老婆　田島さん、羽柴ですけどねぇ。
田島　（ドアの外に）あ、ごめんなさい今。（キヌ子に）お隣さんだ。

キヌ子　あたし、出る。
田島　すみません。またおすそ分けかな。

キヌ子、ドアの外へ――。

キヌ子　（小声で）はい。なんでしょう。
老婆　（つられて小声で）おいなりさん作ったんでよろしかったらおすそ分けにと思いましてね。
キヌ子　（相手の言葉を遮り、早口の小声で）あはい有難うございます。
老婆　奥様ですか？
キヌ子　（内心嬉しく）そう見えますか？
老婆　（吟味して）んん……。
キヌ子　お戻りになったらどうですか。
老婆　ええ。お口に合いますかどうか。
キヌ子　合います。

老婆、一礼して戻るなか、キヌ子はいなり寿司の包みを投げ捨て、部屋の中へ戻る。

キヌ子　（田島に聞こえるように）あら、電報!?　ありがとうございます－
老婆　……。
キヌ子　留守中に届いた電報預かってくれてたんだって。
田島　電報？　誰から。
キヌ子　知るもんですか。読んでほしいの？

田島　ほしくないですよ。（と見て）どうしてこんなクシャクシャ（と受け取り）……なんか湿ってませんか。
キヌ子　知らないわよ。

田島、ブツブツ言っていたが、電報を読んだとたん、顔色が変わり、硬直する。

田島　……。
キヌ子　（声を掛けぬのも不自然で）どうしたのよ……？
田島　いや、別に……。
キヌ子　……。

沈黙。

キヌ子　行かないの？
田島　行きましょう。（というが動かず、深い溜息をつく）
キヌ子　どうしたのさ……。
田島　なんだか、ここ空気薄くないですか……？
キヌ子　じゃ、早く出ましょうよ。
田島　ええ……（と言うがやはり動かず）
キヌ子　どうしたのさ。なによ。
田島　女の子ってのは男親のことなんか、長い間離れて暮らしてると、忘れちゃうもんなんですかね……。

キヌ子　え……。
田島　どうなんですか。
キヌ子　急になんなの。
田島　いや、永井さん捨て子なんでしょ？　だったらわかるかなと思って。
キヌ子　悪かったわね捨て子で。
田島　思い出したりしますか、たまには。父上のこと。
キヌ子　顔も憶えてないわよ。

田島、不意に顔を歪ませると、小さく呻いて腹を押さえる。

キヌ子　どうしたのさ……！
田島　どうしたんでしょう……みぞおちの辺がキリキリと。
キヌ子　え……今日はやめる？
田島　いやしかし……そうさせてもらえますか……こりゃいかん。
キヌ子　大丈夫？
田島　じゃ、永井さん。
キヌ子　キヌ子でいいわよ。敬語もなんかかえって馬鹿にされてるように感じるからやめて。
田島　キヌ子、
キヌ子　呼び捨てはやめて。
田島　（言い直して）キヌ子ちゃん（と何枚かの札を差し出し）、今日の分。
キヌ子　（受け取るが）……。
田島　？

キヌ子　（一枚だけ抜いて残りを返し）一枚でいいわよ……。
田島　（面喰らって）なんで。
キヌ子　だって、中止なんだからいいわよ、一枚で。
田島　キヌ子　だって、そんな人じゃないでしょうキヌ子ちゃんは。　いいって言ってるんだから受け取りなさいよ。医者代にでもまわしなさい。
田島　医者か……じゃあ、結局行くことになるな。いてて……。
キヌ子　（さすがに心配で）しっかりしなさいよ、でかいんだから。
田島　キヌ子ちゃん、悪いけど白金の病院までつきそってもらっていいかな。輪タク使っていいから。
キヌ子　近くの病院でいいじゃない。
田島　あちこちの医者にかかるのは嫌なんだ。言っとくけど今日は君、奥さんじゃなくていいからね。
　近所の漬け物屋の娘かなんかで。
キヌ子　今日漬け物屋の娘で一回会っちゃったら次回はないじゃないの。
田島　次回、次回か……次回会ったときには実は女房だったって言えばいい。
キヌ子　ちょっと待ってよ。じゃ今日の私は、女房が漬け物屋のフリをしてるってこと？
田島　そんな複雑なこと考えなくていいよ、バカなんだから。なにも漬け物屋を演じてる女房を演じる必要はないんだ。ちょっと痛いんだけど！　（とキヌ子の肩を借り）なにヨロヨロしてるんだよ！
キヌ子　重いからよ！　中身カラッポのクセに！
田島　だって君、闇米はあんなに軽々と運んでたじゃないか！

二人、そんなことを言い合いながらヨロヨロしてアパートの部屋をなかなか出られない。

8　行進其之三（大櫛加代）

田島とキヌ子が出て行くなかアパートは消え、加代が勤務する病院が浮かび上がる。

大規模というほどではないが、そこそこの大きさの総合病院である。

今、加代が診察を終えたのは美容師の青木さんで、傍には付き添ってきたらしいケイ子の本当の兄の健一。

青木さん　少し元気になりました……。
加代　ともかくよく食べて睡眠をとることね。栄養剤点滴しておいたから今日明日は元気だと思うけど、無理しちゃいけませんよ。
健一　ありがとうございます。（青木さんに）ね、ほら食べなくちゃ。なにかうまいもん食って帰ろう。身体が元気になれば妙な考えだって起こさなくなるさ。
加代　（微笑みながら健一に）それはちょっと違いますね。青木さんの場合はね、ここ（頭）が元気になれば内臓のほうも元気になるんですよ。ね。
青木さん　ええ……。
加代　好きだったのよね、その人のこと。
青木さん　好きだったんです……。
加代　それから彼女の口からは言い難いでしょうから医者の私から申し上げますけど……（健一に）お名前は？

健一　水原です。

加代　水原さんね。青木さんは水原さんという人につきまとわれるのを大変鬱陶しく思っているんじゃないかしら。精神的苦痛を感じているんです。ひいてはそれが要因となって頭痛や不眠につながっていると思われます。

健一　（苦笑して）そんなことはありません。やだなぁ、先生。（青木さんに）そんなことないだろ？

青木さん　……。

健一　彼女疲れてるんですよ。来る道でも突然「耳の中に五人の小さな兵隊さんがいる」って言って。

青木さん　いるのよそれは。

健一　ね。いつもはまったくそんなことないのに急にこういうこと言い出すんです。

青木さん　いるんだもの。でも別にこの子たちは構わないの、いても。

加代　鬱陶しくないのね。

青木さん　はい。

健一　じゃあ帰ろう。七人で帰ろう。

青木さん　……。

健一　どうしたの保子ちゃん。

加代　六人で帰りたいのね。

青木さん　はい。

健一　……じゃあ先生に一人取り出してもらいなよ。

青木さん　水原さん。

健一　なに、保子ちゃん。

青木さん　もう会いたくない。
健一　……。
加代　よく言ったわ……。
青木さん　ごめんなさい……。
健一　……。
青木さん　グッドバイ。

青木、去る。やや、間。

健一　先生、
加代　はい。
健一　彼女、僕を散髪してくれるっていうからお願いしたら、耳を切ろうとするんです。どうすればいいでしょう。
加代　そうね。会わなければ安全です。（と腕時計を見て）ごめんなさい、私ちょっと約束が。
健一　はい？
加代　（看護婦に）唄川さん、三十分はずします。
看護婦　はい。
加代　畑中先生に代わってもらえるようお願いしてありますから。

青木さんが血相を変えて戻って来る。

青木さん　！

青木さん　もう会いたくない。

健一　どうしたの、保子ちゃん。
青木さん　あの人がまた奥様と。
健一　え。
青木さん　こうやって腕組んで。水原さんどうしよう……。こっちに来るわ！
健一　兵隊さんたちに撃ってもらったらどうだい。
加代　（こともなげに）奥の窓から非常階段に出られるわよ。

健一と青木さん、奥へと去る。
加代、行こうとすると、キヌ子に抱えられるようにして田島が来た。

加代　田島さん……⁉
キヌ子　大櫛先生ですか？
加代　はい。どうされたの？
田島　腹が、みぞおちのあたりがもんのすごく痛いんです。
加代　横になって。
看護婦　どうぞ。（と田島を簡易ベッドに）
加代　服まくって。
キヌ子　ウチのお店にお漬け物買いにいらしてたんですけど、急にお腹を押さえて。
加代　奥様ですよね。
キヌ子・田島　⁉
加代　ちょっと押しますよ。（と田島の腹を押して）ここ痛いですか？
田島　違うんですよ、彼女は

加代　じゃここは？（と押す）
田島　痛い痛い痛い！
加代　胃痙攣ね、可哀想に。これは辛いでしょう。よく辛抱したわ。落ち着くまで眠ってらっしゃい。
（看護婦に）睡眠剤。
看護婦　はい。
加代　（むしろキヌ子に）一時間で目を覚ましますから。その頃には少しは落ち着いてるわ。お時間ございます？
キヌ子　はい。ありがとうございます……。
田島　そうじゃないんだよ。
加代　喋らない。（と看護婦から受け取った注射を田島の腕に打ちながら）田島さん、胃腸が弱いんだから暴飲暴食は控えないといけないわ。
田島　違うんだよ、（早くも朦朧と）今日はそういうんじゃなくて、たまたま漬け物屋で、たまたま……（いびき）
加代　フフフ……なまずのように眠ったわ……。
キヌ子　……。
加代　奥様、ちょっとよろしい？
キヌ子　はい。
加代　（看護婦に）唄川さん、はずしてもらえる？
看護婦　はい……。

看護婦、ひっこむ。

キヌ子　……どうしておわかりになったんですか？
加代　みぞおちがあんなに痛むっていうのは大抵の場合、胃痙攣なんですよ。

キヌ子　じゃなくて、私が、（やや言い淀んでから）田島の……
加代　奥様だって？　見ればわかります。
キヌ子　わかりますか？
加代　ええ、わかります。お似合いの御夫婦よ。
キヌ子　（心境複雑で）そうですか……。
加代　ええ。お手紙拝読いたしましたわ。
キヌ子　（何のことかわからず）はい？
加代　病院宛に私信が届くことなぞ滅多にないんで正直面喰らいました。もちろん中身にも。本気なんですか。もう決めたことなんですか。
キヌ子　（一瞬考えて）そうなんです。もう決めましたんですの。
加代　本当によろしいのね？
キヌ子　よろしいのです。
加代　そう。正直申し上げて……私一人にあの人を任されましても、とてもじゃないけど手に余ります……沢山の女の一人でいるぐらいが頂度いいんです。一人で任を負うぐらいなら手を引かせていただきたいと思います。よろしいです？
キヌ子　（慌てて）ちょっと待ってください！　あたし関係ないんで。
加代　関係ない？　え？　え？　まずは奥様の問題ですよ。
キヌ子　そうなんですけど、あの、あたし手紙にどんなこと書きましたっけ。本当のこと言うと酔っ払って書いたんで、よく覚えてないんです。
加代　（いぶかしげにキヌ子を見て）そうなの？　じゃあ、ぜひとも思い出してください。
キヌ子　手紙ありますか？
加代　ちょっと待ってて。

加代、小走りに去る。

キヌ子　（小声で）田島さん・……！

田島、目を覚ます様子は微塵もなく――

キヌ子　（近づいて）田島さん……！　田島！

田島　（寝言で、嬉しそうに）フフフ……紙を食べるのは羊さんじゃないよ、山羊さんだよ……。

キヌ子　どっちでもいいわよ！　どこ行ってんの、動物園!?　田島！　起きて！田島！（とゆするが笑うばかりで起きない）どうしてほしいのよ。奥さんもういないのよ。あの先生とどうなりたいの!?　なんか、どうやらあたし次第みたいなんだけど！　知らないよ!?　後で文句言ったって、あんた動物園行ってたんだからね!?

田島　キヌ子……（と言ったような？）

キヌ子　（表情変わって）今、キヌ子って言った？　言ったよね。なんでしょう。

田島　（モニョモニョ言う）

キヌ子　（聞きとれず）なに!?　キヌ子ですけど。御用件は？

田島　……。

キヌ子　……好きなの？　本当は好きなの、あたしのことが。（と言ってから慌てて周囲に人がいないか確かめる）

田島　（嬉しそうに）キヌ子そんなところ舐めるなよぉ。

キヌ子　何してんのよあたしと！　そういうことしたいだけ？　だったらお断り。どうなの？　どっち？　身体だけ？

看護婦が姿を現していた。

キヌ子　（気づいて）は大事にしないとってみんな言ってるでしょ。（看護婦に笑いながら）まったく。
看護婦　（何を言うかと思えば）大櫛先生には気をつけたほうがいいですよ……。
キヌ子　……。
看護婦　しっかり御主人の手綱をとっておかないと。男の人はみんなコロッといってしまうんです。
キヌ子　へえ……。
加代　（手紙を手に姿を現して）奥様はそんな忠告には動じませんよ。
看護婦　（一礼してひっこもうと）
加代　唄川さん。
看護婦　はい。
加代　あなた夜中に病室に忍び込んで眠ってる入院患者さんにキッスしたって噂、嘘よねｏ リチャード・マッケンジーさん。
看護婦　事実無根です。
加代　ＧＩは梅毒持ちだらけよ。やめときなさい。

看護婦、再び、今度は曖昧に礼をしてひっこむ。

加代　（キヌ子に）ごめんなさい、お待たせして。
キヌ子　いえ……。
加代　（手紙を差し出す）

キヌ子 （受けとる）

瞬間、汽車の通過音。そこは上野駅になる。

鞄を手にした田島の妻・田島静江と、娘・幸子の姿が見える。娘の腕には素朴な羊のぬいぐるみ。

少し離れた場所に連行がいた。

連行 （手を振って）やあ！（と静江たちに向って小走り）

静江 （連行に手を振って、娘に）幸子、覚えてる？　飴くれたでしょ。連行のおじちゃん。

幸子 （歯にかんだような様子）

連行 （来て）やあ。さぞかし疲れたでしょう。（と鞄を持ってやる）こんにちは、幸子ちゃん。（幸子が羊を提示するので）ああ、羊さんな。こんにちは。今日からね、おじちゃんが幸子ちゃんの新しいお父さんだよ。（羊に）よろしく、羊さん。（幸子に）よろしく、幸子ちゃん。

幸子 （歯にかんだような様子）

静江 歯にかんでるの。

連行 歯にかんでるのかい、これ。

静江 まだ正しい歯にかみ方がよくわからないのよ。（景色を見て）新聞の写真じゃもっとひどいかと思ってましたわ。

連行 うん、少しずつね……だいぶよくなった……一年前はこの辺りにゃなぁんにもなかった……一面焼野原で……。

静江 この人達はみんな……？

連行 うん、少し前までもっとすごかった。焼け出された人達でおしくらまんじゅうだよ、階段が通れないんだから。（階段に座る人々に）邪魔だよおい、真ん中座んな。何もやらないよ。

静江　(幸子が手を振っているので)幸子、手振らなくていいの。
連行　上野公園はまだ浮浪児の小僧だらけだよ。銀座はアメ公ばかりで日本じゃないみたいだ。
　並んでやがるな……腹は？　闇料理屋でカツレツでも食べてくかい？
静江　雑炊食堂でいいわ。
幸子　(嬉しそうに)お雑炊。
静江　うん、お雑炊。(連行に)お金はかからないわよ私達。
連行　着いた日ぐらい遠慮するない。
静江　遠慮じゃないわ。急にカツレツなんか食べたら胃袋がびっくり仰天しちゃう。
連行　田島は、(言い直して)田島くんからは相応の仕送りがあったんじゃないのかい。
静江　貯金してるの。何が起こるかわからないから。
連行　君を、君と幸子を路頭に迷わすようなことは、僕ぁしないよ。
静江　(微笑む)

少し先を青木さんと健一が歩いてくる。

健一　田島周二？
青木さん　ええ、お知り合い？
健一　田島って、オベリスクの田島さんだろ。え、じゃあ保子ちゃんの相手ってのは、

健一、そう言いながら歩いてきて幸子とぶつかる。

健一　あ、すいません。

静江　まだ正しい歯にかみ方がよくわからないのよ。

ぶつかった拍子に幸子が羊のぬいぐるみを落とした。

青木さん　ごめんなさい。（と拾って、羊に）ごめんね。
幸子　……。
健一　こりゃ驚きだ。（怒りに震えて）とんでもねえ野郎だ……。

青木さんと健一、去る。

静江　今、田島周二って言いませんでしたか、あの方。
連行　言ったね。なに、東京は広いんだ。田島周二なんて名前の男はそこらじゅうにいるよ。
静江　でもオベリスクの田島って。
連行　うん……田島くんだね。
静江　そんなに有名なの、田島は。
連行　そうでもないよ……狭いな東京も。

三人、歩き去るのと同時に、再び診察室。

キヌ子　（手紙から目を離す）
加代　どう？　思い出されました？
キヌ子　ええ……やっぱり酔ってたんですよ。ほら、このあたり字が震えてる。（読んで）田島の、曲者《まげもの》たる

加代　どう？　思い出されました？

加代　曲者《くせもの》ですよね。
キヌ子　曲者《くせもの》たる所以《ところに》です。
加代　所以《ゆえん》。
キヌ子　所以《ゆえん》です。酔ってたから。
加代　今酔ってるんじゃないの？
キヌ子　（手紙のことを）目鱈苦鱈ですね。
加代　……。
キヌ子　あの……先生はどうしても私と、主人が別れたら身を引かれると？
加代　さっき申し上げた通りです。
キヌ子　そうですか……（思わず）まいったな……。
加代　はい？
キヌ子　いえ。
加代　どうしてまいるの？　あなた大丈夫？
キヌ子　どうしたらいいのか……。
加代　好きにすればいいんです。
キヌ子　そうなんですけど……。
加代　迷ってるの？
キヌ子　（一瞬考えて）そうですね、ある意味。先生はじゃあ、（伺うように）あの人のことを、心から愛してはいないということですか？
加代　どうしてそう思うのかしら。仮にもこのお手紙を書かれた方が。
キヌ子　正直これよくわからないです、むつかし過ぎて。
加代　あなた、奥さんじゃないのね？

キヌ子　そうなんです。もうちょっと早く気がついてくださいよ！
加代　そうじゃないかと思ってたのよ！
キヌ子　え、だって、「見れば奥様だってわかる」って。
加代　お世辞よ。
キヌ子　お世辞か。
加代　呆れた……。
キヌ子　あたしも自分で呆れてます。

田島が何か寝言を言う。
二人、同時にそちらを見る。

加代　（そのことを笑って）じゃ、この手紙は？
キヌ子　奥さんからですね。
加代　呆れた。それでマゲモノにトコロニなのね。
キヌ子　そうなんですね。日直をヒジキと読んだ女なんで。
加代　であなたは？　何者？
キヌ子　永井キヌ子ですね。
加代　なるほど。キヌ子さんは田島さんに頼まれて奥さんになりすましたってわけね。で、二人で愛人たちを渡り歩いてる。違うかしら。
キヌ子　まったくその通りです。
加代　ところがこの手紙で番狂わせが生じた。
キヌ子　ええ。

加代　番狂わせはそれだけじゃないわね。
キヌ子　そうなんですか？
加代　そうでしょ。
キヌ子　え。なんですか他には。
加代　あなたが彼に恋をしたことよ……。
キヌ子　（内心ドキリとしたが）それは……違いますね。愛人さんに向って失礼ですけど、あたしはちっともいいと思ってませんから、あんな女ったらしのこと。
加代　（鼻で笑って）どうだっていいわ。
キヌ子　鼻で笑われてしまった……わからない。どうしてどうだっていいのかしら……。
加代　防衛本能じゃない？　彼女の言う無言の圧迫からの。（と手紙を見る）

田島、寝言で「キヌ子」と言ったような——。

加代　……。
キヌ子　……。

加代、寝ている田島にゆっくりと歩み寄る。

キヌ子　……。
加代　（田島の近くへ行きながら）覚えておいて。この人すぐ胃腸にくるの……足をケガしたスズメをお風呂場の窓辺に見つけて、それだけで胃が痛くなる男よ……。
キヌ子　（苦笑して）どうしてあたしが……。

加代　（それには答えず、田島に）主治医としてあなたの胃腸のことだけを考えていられればねえ……。

看護婦が来る。

看護婦　先生、３０１３号室の鴨井さんが――
加代　今度はどうしたの？
看護婦　よくわからないんですけど……。
加代　（溜息をついて、キヌ子に）虫垂炎で入院してる患者さんなんですけどね。それよりも自分のことを卵だと思い込んでるの。
キヌ子　え？
加代　卵よ。なんでも外食券食堂で店の主人に「俺をうどんに入れろ」ってわめき散らしたっていうの。
看護婦　先程から、何を話しかけてもピヨピヨとしか。
加代　産まれたってことなのかしら。失礼。

田島、うめきながら目を覚ます。

加代　あら、目を覚ましました？
田島　（朦朧と）俺、どのぐらい寝てました？
加代　（そのまま田島に）じゃあとはキヌ子さんにお任せしますね。
田島　（わけがわからず）はい？
キヌ子　ちょっと待ってください……！
加代　田島さん。

田島　はい。
加代　グッドバイ。
田島　え……。

加代と看護婦、去る。

田島　大櫛先生！　大櫛先生！（キヌ子を見て強く）先生に何言ったんだ、バカヤロー！
キヌ子　ごめん、全部バレた。帰る。

キヌ子、去る。

田島　⁉　おい。

診察室の明かりはそのままに、静江、連行、幸子にも明かり。
以下のやりとりのなか、田島は部屋に残された手紙に気づき、封筒から出して、目を落とす。

静江　あのね。
連行　何？
静江　手紙を書いたの。
連行　（表情曇って）誰に⁉　田島くんに？
静江　連行さんが本命なんじゃないかって言ってた女医さんに。
連行　え。（と思わず鞄を置いて、うろたえる）手紙って、何書いたの。

静江　田島をよろしく、ってそれだけですよ。
連行　そう……本当にそれだけかい？
静江　ええ。（少し笑って）どうしたの？　気になるの？（と連行の肩にもたれかかるような――）
連行　なるさそりゃ……。

9　手紙

音楽、映像効果あるなか、静江が実際の手紙を読み上げる。

田島の愛人たち（加代、ケイ子、青木さん、そしてこの後登場するよし）が現れている。


静江　大櫛加代様　突然このようなお手紙を差し上げる非礼をお許しください。

私は田島周二の妻、静江と申します。ご存じのことと思いますが、田島とは戦時中より離れて暮らしております。その間、田島は貴女をはじめ沢山の女性たちと関係を持つに至りました。

私は、女の幸福とは夫に愛されることであると信じております。ではこうして四年間もの間、疎開先でジッと田島を待っているだけの私は、一体何でありましょうか。私は田島に「おまえはものを考えない女なのか」と問われているような気さえします。こうしたもの言わぬ圧迫は、私にとって田島の最も恐ろしいところでございます。田島の曲者たる所以です。

私は田島と別れる決心を致しました。いずれ必ず他の女性たちも自らの幸福を求め田島のもとを去ることでしょう。

妻の責任としていろいろ考えました末、貴女様にお願い申し上げるのが一番良いことだと思い至りました。貴女様は女の幸福のみならず、人間の幸福について学んでおられる方だから、田島の無言の圧迫にも耐え、田島のひ弱な胃腸をも救い、田島と新しい生活を見つけることがお出来になる方だと思います。これからは一切の遠慮はいりません。

どうぞ末永く田島を宜しくお願い致します。　静江

静江　私は田島と別れる決心を致しました。

この間に、舞台上には編集部の一画が浮かび上がる。
手紙の内容にショックを受けた田島は、それらとはまた別のエリア（野外）で眠り込んでいる。
風が吹いている。

田島　（目を覚し）!?

田島は身ぐるみ剝がされて、裸足にランニングと股引のみになっていた。

田島　鞄、上着も！　……。

編集部（の一画）に明かり。
清川が電話をかけているが、相手が出ない様子で――

清川　（そわそわと切って）……。

そこへランニングに股引姿の田島が来る。

清川　（そのことにはまったく驚かず）あ、編集長。よかった。今お宅に電話してたところです。
田島　（忌々しげに）やられたよ。追いはぎ。河原でちょっとうとうとしてたら。
清川　ええ。（と流して）大変だったんですよ。
田島　何が。

清川　先ほど水原先生がいらっしゃって。
田島　水原くん？

いつの間にかケイ子が現れているので、それは清川の回想。

清川　（ケイ子に）しかし、水原先生も素人じゃないんですから、仕事に私情を挟むべきじゃないでしょう。
ケイ子　（興奮し、声をうわずらせて）柳田さんでしたっけ。
清川　清川です。
ケイ子　私がさる先生の紹介状を持って田島さんを、田島編集長を訪ねてきたのが二年前です……。
清川　ええ知ってます、僕いましたから、そのとき。
ケイ子　兄が言うにはそのとき、すでにあの人は百人を超える愛人を抱えていたというんです……！
清川　いくらなんでも百人はないんじゃないでしょうか。
ケイ子　（聞かずに）柳田さんもだまされているんです。早く辞めたほうがいいわこんなところ。田島周二は善良な女性たちを弄ぶ変態性欲者なんです！
清川　落ちつきましょう。お茶飲まれますか？
ケイ子　結構です、何が入ってるかわからないわ！
清川　お兄様は何か勘違いされてるんじゃないかなぁ。
ケイ子　（目をむいて）兄が嘘をついてると⁉
清川　嘘だなんて言ってないじゃないですか、勘違いしてるん（じゃないかって）

ケイ子　（遮って）兄は私に嘘をついたことなんかありませんよ！　一度もです！　田島さんは恐ろしい人なんです。目を覚ましてください！
清川　……。
ケイ子　愛人たちの何人かは殺されて……（言い淀んで）場合によっては食べられてしまったかもしれないと……。
清川　食べはしないと思いますよ、いくら田島さんでも……。
ケイ子　ともかく金輪際、オベリスクとは関わり合いを持ちたくないんです。お世話になりました。
清川　ちょっと待ってください。次号のさし絵だけでもお願いしますよ、校了間近なんですから。
ケイ子　お断りします！　これ以上言うと火をつけますよ！
清川　僕に⁉　編集長に⁉
ケイ子　何もかもに！
清川　困ります。
ケイ子　田島さんにお伝えください……とても、とても優しくしていただいて……すっかりだまされましたと。
清川　……伝えます。
ケイ子　あと、
清川　なんですか？
ケイ子　グッドバイ。

ケイ子、消える。
田島、ガクリと肩を落とした。

ケイ子　すでにあの人は百人を超える愛人を抱えていたというんです……

清川　どうしましょう。代わり、関根先生に頼んでみましょうか。関根先生なら水原先生とタッチも近いし、読者もさほど違和感ないんじゃないかと——
田島　……。
清川　編集長。
田島　清川。
清川　はい。
田島　（静かに）俺はもう……駄目かもしれない。
清川　え……。
田島　もう……滅多に出社しないかもしれない。
清川　何を言ってるんですか……。
田島　そしたらオベリスクはおまえに任せるから。おまえしかいないよ。おまえ以外は駄目だ。
清川　困りますよ、任されたって……え、水原先生のことそんなに本気だったんですか？
田島　あんなに可愛らしい女性はどこ探したっていない……俺にピッタリの女性だった……。
清川　編集長、校了日三日後なんですから。
田島　清川、今の俺に校了日がどれほどのものだと思う。
清川　……。
田島　どうやら……女房にも離縁されたらしい……。
清川　そうなんですか……。
田島　そうなんだよ。七年間連れ添った女房にだ。最愛の女だった。娘にも、きっともうしばらく会えない。
清川　お気の毒です……。

田島　つい数時間前には別の女《ひと》からも別れを告げられた。あんなに素晴らしい女性はどこ探したっていない。俺にピッタリのひとだったのに、（イライラと）なんだグッドバイってのは、流行りなのか!?

清川　お気の毒ですけど、校了日三日後ですから……！

田島　清川、これまでおまえに女の話は一切してこなかった。おまえにそういう話をすると間違いなく後ろめたい気持ちになると思ったからだよ。おまえには何かにつけてそうなんだ、田島さんとは人間の出来が違うと言われているようで……こわい……！

清川　……。

田島　（皮肉ではなく）尊敬してるよ。

清川　編集長、（と何か言おうとするが）

田島　（遮って）清川、俺はおまえの思っているような人間じゃない。こんな格好でこんなこと言ってる時点で失格だ。ほら、新聞の連載小説途中で放っぽり出して愛人と心中した作家がいたろ。今の俺にはあいつの気持ちが痛いほどよくわかるんだよ……そりゃわき目もふらずに仕事に打ち込んでくれてるおまえは本当にすごいよ。心の底から称賛する。素晴らしい。（語気グッと強めて）しかし女はもっと素晴らしいんだ！　女は素晴らしい！　こんなチンプな雑誌なんか霞んでしまうほどに女は素晴らしい！

清川　（顔色変わって）チンプ……!?

田島　バカ、比較論だ……相対的に言ってだよ……。

清川　（やや蔑むように）じゃあ今から僕、水原先生を説得しに行ってきますよ。編集長を捨てないでくれって。

田島　やめろ、そんなみっともないマネ！

清川　編集長！　しっかりしてくださいよ！　肥野藤先生も承諾してくれそうなんです、ヘレン・ケラーとの対談！

田島　どうでもいいんだ、ヘレン・ケラーなんて。
清川　！

外では雨が降りはじめた。

清川　……。
田島　すまん……今日はもう帰る……。
清川　……。
田島　雨か……おまえ、着替えの服、置いてなかったっけ、雨んなかこの格好じゃ……（答えないので）合わないな寸法が……おまえも早く帰れ。
清川　……。

田島、雨のなか、傘もささずに出て行く。
清川、静かに泣きはじめ、それはすぐに号泣へと変わる。
雨のなか歩く田島の背に、「バカヤロー！」と叫ぶ清川の声が――。
雨音、大きくなって、溶暗。

10 罪

同日、一時間後、田島のアパート。
連行が田島に土下座している。

連行 この通りだ。許してくれ。
田島 (見ずに) 頭を上げてください……。
連行 いやこれはそう簡単に許されることじゃないよ。あと二回は頭を下げないと。
田島 だったらサッサと下げてサッサと上げてください。
連行 心から悪いと思っている。あの日おまえに頼まれて岩手の疎開先を訪ねるまでは、こんなことになるなんて夢にも思わなかったんだ……。
田島 もうそのことはわかりましたから。妙なお願いをしてしまった僕もいけなかったんです。
連行 そうだよ。
田島 ⁉
連行 暮れぬ先の提灯てやつだ。おまえがあんなことを言い出さなけりゃ……いや男女の綾はわからない。実に神秘だな。
田島 (必死に怒りを抑えながら) で、静江と幸子は今あなたの家にいるんですか?
連行 それは言えない。
田島 (イラッとして) 言えないって、いるんでしょあなたの家に!

連行　静江も言ってくれるなと。そう思いたければ思いたまえ。
田島　わかりました……。
連行　こう言っちゃなんだが、静江は遅かれ早かれ君のもとを去って行ったと思うよ。
田島　そんなことはない。あなたがあれほど言わないと約束した愛人たちとのことをいとも簡単に（遮って）だから謝ってるじゃないか。男らしくないぞ。
連行　（遮って）だから謝ってるじゃないか。男らしくないぞ。
田島　（思わず拳を振り上げる）
連行　殴れ。殴ってくれ。それで気が済むならそのほうが俺も楽ってもんだ。
田島　……。
連行　思いきりじゃないよな。
田島　……やめときます。拳が痛いだけ損だ。
連行　そう気を落とすんじゃないよ。
田島　落としますよ！　もうどうしたらいいかわかりません！
連行　しかし作戦は依然難航中なんだろ？　だったらまだ別れてない愛人といくらでもうまくやってけるじゃないか。
田島　そういうことじゃないんです！
連行　どういうことだい。静江なんかいなくなったってもっといい女がいくらでもいるさ。
田島　あんた本当に静江を幸せにする気があるんですか……!?
連行　あるよ。バカあるさ。
田島　バカじゃない！
連行　バカじゃない。（思案するような風で）ふーむ、なにか名案はない（ものかなあ）
田島　もうあんたの知恵を借りるつもりはありません！
連行　そりゃそうだ。

間。

田島　僕はもう寝ます。
連行　まだ九時だぜ。早寝だな。豆腐屋じゃねえんだから。
田島　絶望した人間に早寝も豆腐もないんです……！（横になる）
連行　俺はどうしたらいい。
田島　帰ったらいいでしょう。僕の寝言聞いてどうするんです。静江の寝言聞いてやりなさい。
連行　そりゃそうだが、しかしどうもまだ謝り足りないな。（返事がないので）おい。
田島　もう眠ってます。
連行　そう。

連行　（機嫌を伺うように）悪かったね。
田島　……。
連行　許してくれるよな。侈くされないよな。
田島　……。
連行　うん、そう言ってもらえると有難いよ。おやすみ。ごきげんよう。また来週あたりにでも飲もう。
田島　（見ずに）連行先生。
連行　なんだい。先生はいいよ、もう。
田島　（見て）幸子と、たまに会わせてください。静江には秘密で。
連行　（きっぱりと）それはできない。
田島　……。
連行　静江がそう言うんだよ。おまえに会わせると、お金で紙飛行機を折るような子になるって。

田島　（愕然として）どういうことですか……。
連行　おまえは金で何でも思い通りになると思ってるって言うんだ。静江がだよ。
田島　……。
連行　うん……悪いな。

連行、去る。
一人残された田島、すすり泣くなか——
留置所の取り調べ室が浮かび上がる。
痣だらけの顔で尋問中の草壁よし。

警官　（書類を見ながら）草壁よし、十九歳。実家は百姓か。調布は飛行場があるから空爆も多かったろう。よかったな、焼け出されなくて。
よし　（警官を睨むように見ながら）いつ帰れるんですか。
警官　（笑って）おいおい、そう睨むなよ。御両親呼び出し電話でもつかまらないらしいから、一泊二泊は覚悟してもらわないと。
よし　（睨んだまま）……。
警官　睨むなって。まるで俺のほうが罪人みたいじゃねえか。ＭＰに捕まってたら沖縄連れてかれて強制労働なんてことになってたかもしれないんだぞ。感謝しろ。
よし　（ようやく目をはずして）……。
警官　しかしかっぱらいしてまで化粧したいかい。あんまり厚塗りすっとパン助みたいになっちまうぞ。（と触る）
よし　触んなよ！　なんか食べるものは出ないの？

警官　（苦笑して）出ねえよ。（突如真顔になり、低く威圧的に）調子ん乗んな……。
よし　（また睨む）……。
警官　（香水の瓶のラベルを読んで）ライル・ドゥテンプス。
よし　レール・デュタンだよ。
警官　（香水を嗅ぎ）くせっ。こんなもんつけてたって、男はよってこねえよ。
よし　家族じゃなくてもいいの……？
警官　なにが。
よし　身元引受人……。
警官　男か……？
よし　……。
警官　連絡先書け。（と紙片とペンを）

よしが紙に書き込むなか、別のエリアに田島のアパートが浮かび上がる。
前の時間の続き。
横になっている田島の傍らに、幻影の静江（妻）がいる。

静江　元気出してよ。周二さん。
田島　（見ずに）もう少しだった……君のために……僕は君のために身辺をすべてきれいにしようとしていたのに、あまりにも間が悪いじゃないか。もう少しだったんだよ。
静江　（やさしく）私のためって、それはあなたの都合だわ……。
田島　（すねるように）亭主の都合に合わせるのが女房だろう……！
静江　グッドバイ。（と行こうと）

静江　二か三じゃ、あの人たちと変わりないじゃないの。
田島　(言い当てられて、動揺しながら)だけじゃない。君にだって……(と言い淀んで)幸子が一〇だとしたら、少なく見積っても二か三はあるよ未練。子供を持った夫婦なんて、どこでもそんなもんじゃないのかい。
静江　あなたが未練に思うのは私じゃないでしょ、幸子にだけよ。
田島　(制して)静江。

遠くに、青木さん、ケイ子、加代が見える。

田島　彼女達は一ケタもいってないよ。(三人が悲しく田島を見るので)というか、その時々だろう。
静江　……。
田島　ともかく、いの一番は君なんだから、成人女性では。幸子のことは別個に考えてくれないとこれ、非常に困る。
静江　ほんっっっっっっっっとに勝手な男ね……。(女たち、悲しくうなずく)
田島　いつかわかるさ君にも、俺の愛情が。
静江　だといいわね……。幸子にもいつか会ってやってくださいな。
田島　(とたんに嬉しく)いいのかい⁉
静江　ええ、あの子が五十か、六十になったら。
田島　死んでるよ俺！　なあ静江、金で紙飛行機ってなんだ。
静江　御自分の胸にお聞きなさい。
田島　静江……！

静江、消えた。

警官　（よしから紙を受け取って）待ってろ……。（去る）
田島　……。（愛人たちに、やや粗野に）なんだ君たち、まだいるのか。そんなに未練があるのかい僕に。事と次第によっちゃ、ヨリを戻してやらないでもないぜ。
青木さん　あんなこと言ってますよ。別のこと考えてるクセに。
加代　（田島に）田島さん、さっき成人女性って言ったときから頭に浮かんでいる女《ひと》がいるわね。
田島　（見ずに）思想は自由だろう。戦争は終わったんだ。
ケイ子　（加代に）誰ですか？
加代　未成年女子よ。最後の砦。（と別のエリアのよしを一瞥）
田島　彼女はまだ子供だし、君たちとちがってかなり面倒臭いところがあるけれど、数年先を見据えれば、結果最も理想の女性かもしれない……。
青木さん　（悲しそうに加代に）本心ですか？
加代　ハナから本心なんかないのよ、田島さんには。

不意に電話が鳴る。

ケイ子　電話ですよ……。
田島　わかってる……。
青木さん　出ないんですか……。
加代　きっと、大切な電話ですよ……。

田島の部屋と三人の愛人、消え、入れ代わりに取り調べ室が明るくなる。

11　最後後之行進（草壁よし）

盗んだ口紅を塗っているよし。
戻ってくる警官。

警官　来てくれるってよ。
よし　（内心嬉しくて）そう……。
警官　よかったな……（気づいて）おまえ、口紅塗った？
よし　塗ってないわよ。
警官　（鼻をクンクンさせる）
よし　……。（香水もつけたのだ）
警官　（嘲笑して）そんな傷だらけの面したガキが、口紅塗って香水ふりかけたっておまえ……。
よし　（警官の股間を力まかせに蹴る）
警官　痛っ！　いってぇ……。

さっきまでそこにいた様子で、もんぺ姿のキヌ子が、やはり傷と痣だらけで来る。

キヌ子　なにをイチャついてんのよ……。
警官　（まだ痛がりながらキヌ子に嫌味で）逃げたのかと思ったよ。

キヌ子　洗面所よ。なんで被害者が逃げんのよ。
警官　（よしに、低く）貴様、戦時中なら一家全員銃殺刑だ……。
キヌ子　サッサと済ませてよ。バカみたい。
よし　かつぎ屋風情が何言ってんだ。
キヌ子　てめ、ひと様の物盗んどいて、口引き裂いてやろうか？
よし　ひと様？　進駐軍からの横流し品だろ。
キヌ子　それがなにさ！
警官　やめろ。それでも女か、おまえ、おまえら。
キヌ子　（鼻をクンクンさせる）おまえ、つけやがったな香水。
よし　つけるためにあんだろ……。
キヌ子　（警官を見る）
警官　（ので）つけてたんだよ知らねえ間に。
キヌ子　金払え。二万。
よし　だから持ってないわよ。そう言ったでしょ？　おばさん、ツンボ？
警官　（キヌ子に）待てよ、もうすぐ引き取り人が来るから。
キヌ子　……。
警官　しかし二万はないだろう、いくらなんだって。
キヌ子　（警官に）一ぺん自分でかついで大宮の検問通ってごらん。寿命が三年は縮まるんだから。
よし　（警官に）はんっ、そいでこんなに老け込んでんのか。
キヌ子　（つかみかかる）
よし　（ので）なんだよ！　離せよ！　てんかん起こしたカバみたいな面して！
キヌ子　殺せるよ？　わかってる？　殺せるよ、あんたみたいな小娘の一人や二人。

警官　やめろ！
よし　殺してみなよ。
警官　殺すな。
キヌ子　……バカバカしい。（と放して、そっぽを向く）
警官　殺すな……。

田島が来る。

警官　（のを見て、よしを見る）

よし、それまでの様子が嘘のように、田島に駆け寄ると、彼の胸に顔をうずめた――。

キヌ子　!?
田島　（やさしくよしの髪を撫でて）レール・デュタンだね。
よし　（笑顔でうなずく）
キヌ子　（茫然と）……。
警官　こちらの方の商売道具から舶来の口紅と香水を。
田島　御迷惑を（と言いかけてようやくキヌ子だと気づき）、ああ！
キヌ子　（以下、ショックを引きずりながら）あんたって人は……。
よし　!?
警官　なんだ、お知り合い？　だったら話が早いや。サッサと手打にしましょう。
田島　（キヌ子に）殴ったのか……。

キヌ子　殴ったわよ、盗んだんだから……。
よし　知り合いなの？
田島　盗んだからって……（絶句）
キヌ子　なにさ。そしたら殴り返してきたのよ、こいつ。
田島　殴るからだ。
よし　ねえ、どういう知り合い？
田島　ちょっとした顔見知りだよ……大丈夫かい……ひどいな……痣だらけじゃないか……。
キヌ子　昼間と大違いね……。
よし　昼間？
田島　君に言われる筋合いはない。
よし　昼間も一緒にいたの？
警官　（じれったく）さ、ね、そしたらお代のほうを。
田島　いくら。
警官　二万円。
キヌ子　（同時に）八万円。
警官　（仰天して）そりゃないな、八万円は。
田島　いいよ。払うよ。
警官　八万円ですよ。
田島　金が欲しいんだろ、君は。
警官　八万円ですよ。
田島　ほら……。（とポケットから出した札束から八万を放り出す。）
キヌ子　……。（札をひったくるようにつかみとる）

よし　何者なの、この女……。
キヌ子　（警官に）いいんでしょ、帰って。
警官　いいですけど……。
よし　誰なのよあんた……！
キヌ子　……田島の家内でございます……。
一同　……。
キヌ子　（なにかの節にのせて）とかなんとか言っちゃってぇ〜。

キヌ子、去った。

田島　（よしに）気にしないでいいよ。ウチで書いてくれてる作家さんちの女中さんでね。半年前まで脳病院に入ってたんだ……。
警官　そしたら田島さん。こちらに住所と御署名を。（と書類を）
田島　（何も言わずに記入しはじめる）
よし　田島さん……。
田島　（書きながら）なに。
よし　あたしのこと好き？
田島　（書きながら）好きだよ……好きに決まってるじゃないか。
警官　ああ、そこじゃなくて。（記入欄のこと）まあいいや。いいです。あと、名前をここに。
田島　（書くのをやめ、よしを見すえて）どうしてそんなこと聞くの。
よし　ゆうべ、母ちゃんにこっぴどく叱られたの……。
田島　え……。

よし　あたしのこと好き？

警官　名前を。
よし　父ちゃんには殴られた……。
田島　（表情曇って）俺のことでかい？
よし　（曖昧に首を振って目をそらし）虫の居所が悪かったんだよ。裏の畑のキャベツがみんなカラスにやられちゃって。
警官　名前。
田島　よしちゃん。
よし　なに？
田島　結婚しよう。
警官　名前書いてからじゃダメですか。
田島　（これ以上ないぐらいサササッと書く）
警官　どうも、お幸せに。（皮肉で）達筆だ。
田島　明日にでも御両親に御挨拶に伺うよ。
よし　（知らない言葉のように）ケッコン……。
田島　結婚だよ。
よし　田島さん、してるよ結婚。
田島　女房とは、別れることにした……。（警官に）君、ちょっとはずしてくれたまえ。
警官　（高圧的に）ここをどこだと思ってる。ちちくり合うなら連れ込み宿にでも……。

田島、警官に金を差し出す。

警官　（受け取り、内心嬉しく）三分だぞ……。

警官、出て行く。

田島 (笑顔で)しよう結婚。結婚して、子供たくさん作るんだ。どの子がどの子かわかんないぐらいね。

よし (さして湿っぽさはなく)あたし、きっと子供はできないよ。

田島 え……?

よし 牛に踏まれた女の子は子供のできない体になるんだって。

田島 (よくわからず)ん、なに? 牛?

よし 踏まれたんだよ、牛に。国民学校にいた頃。お医者がきっともう無理だろうって。

田島 そう……。

よし (その様子に)田島さん、子供欲しいんだね……。

田島 (テンション低く)しかしわからないだろそんなこと、牛に踏まれたって、なかには……。(続かず、黙る)

短い間。

よし 明日の約束、楽しみにしてたの。有楽町でターザンの映画観て、フルーツパーラーに連れてってもらって……。

田島 よしちゃん……。

よし (必死に笑顔を作って)日記帳にバナナパフェの絵を書くつもりだったんだけど……御破算だね。

田島 (動揺見え隠れしながら)やっぱり御両親なんだろ? 俺がきちんと話すから。キャベツ畑の一つや二つ、どうにでもしてやるさ。

よし　（まるで諭すように）田島さん、お金じゃないよ、人を動かすのは。
田島　（一瞬絶句して）金が無きゃ、ターザンも観られなきゃバナナパフェだって食えないんだぜ？
よし　田島さん、百姓できる？　田島さんは豊かさというものの再定義を考えたほうがいいよ。
田島　始まったか……百姓の、（言い直して）お百姓さんの娘は資本主義についてなんか考えなくてもいいんだ。
よし　そうだね……もういい……。
田島　よしちゃん、好きなんだ。
よし　好きだと言われれば嫌いだと聞こえる……キレイだと言われれば汚いと聞こえる……ならばどうして私、こんなもの欲しかったんだろう……（と香水を）
田島　俺が好きな香りだと言ったからさ。
よし　あたし、雨の日はずっと草の匂いを嗅いでるんだ……。
田島　よしちゃん……。
よし　ウチにね、婿養子が来るの。
田島　え……。
よし　大きい兄ちゃんも小さい兄ちゃんも戦争で死んじゃったからさ……必要なんだってさ、跡継ぎが。
田島　……。

警官、戻って来る。

よし　田島さん。
田島　……。

よし　グッドバイ。

よし、行こうとする。

田島　（のを引き止めて）よしちゃん！

よし　何⁉

田島　（抱きしめて）よしちゃん……一緒に死のうか……。死のう、一緒に。

よし　（目を見開いて、恐れるような形相で）あんた、あたしのこと殺す気か！

よし、田島を振り払って走り去る。

田島　よしちゃん！

警官　……警察で心中の相談する人、初めて見たよ。

田島、何も言わずに歩き出す。

12　喪失

街頭放送なのか、どこかの店から流れるラジオなのか、音楽が喧騒に混じって聞こえており、いつの間にか田島の周囲には、ボロをまとった家のない人々がいる。

田島　なんだ……金が欲しいか……全部やるよ……（金を人々に配りながら）ほら……金がなんだ……俺はもう金なんかいらない……ほら……ほら……。

金を受け取った人々は、喜ぶでもなく、呆気にとられたような、あるいは怪訝な表情で――と、田島の背後に、怪しい人影。
田島の後をつけてゆく。
一人の易者がいる。
田島、易者に金を渡し、そのまま行き過ぎようとする。

易者　お兄さん。
田島　（立ち止まり）あ？
易者　なんだい、この金は。
田島　なんでもないよ。（行こうと）
易者　占ってあげるよ。

田島　いいよ。（と行こうと）
易者　何を絶望してるんだい。
田島　え……。
易者　絶望してるだろう、出版関係のお兄さん。
田島　（驚いて）どうしてわかったんだい。
易者　占ったのさ。
田島　（興味を示して）なに見て占った……人相か。
易者　こう、大体だよ。
田島　大体？
易者　全体の、大体。
田島　全体の大体？　大体なんかでわかるのかい。
易者　大体わかるさ。
田島　……みてもらおうか。（座る）
易者　女かい。
田島　わかるかい。
易者　大体わかるさ。お兄さんの名前は、大体、たじ、ま、田島周二……（まだ続きそう）
田島　（なので）田島周二だよ。田島周二で終わりだよ。
易者　大体田島周二。
田島　大体じゃない、それで全部。すごいな……。
易者　大体わかるよ。お兄さん、女難の相が出てるよ。
田島　出てるかい、やっぱり。
易者　出てるね。大体の女がお兄さんから離れて行くと出てる。

田島　大体じゃない。すべてだ……。
易者　すべてじゃない。
田島　すべてだよ。
易者　すべてじゃない、大体。
田島　すべてだってば。
易者　よぉく考えてみなさい。すぐ近く、ごくごく近くに、お兄さんと幸せな家庭を作れる女がいるはずだよ。
田島　（一瞬考えて）いない。
易者　よぉく考えるんだよ、大体じゃなくて！
田島　（今度はもう少し考えて）……いや……いない。
易者　いるよ。たぁくさん食べる女だね……。
田島　え……。
易者　牛のように力の強い女だ。
田島　……誰のことかはわかった。しかし、彼女は僕と幸せな家庭を作れるような女ではないよ。そもそも作りたくない。
易者　それはお兄さんの勝手だよ。お兄さんの人生だ。ただし……後悔するよ……。
田島　……。
易者　一緒にいて一番楽ちんな女だ……なぁんの気兼ねもいらない女だよ……。
田島　たしかに、言われてみればその点だけは……。
易者　お兄さんのことをどこの誰よりも愛してる女だ。
田島　あいつが……？
易者　大体わかるよ。

易者　ああ、大体そんなもんさ、男と女なんて。

田島　いや、そんなはずはない。
易者　彼女も自分で「どうしてこんな男に惹かれるのか」と思ってるよ。
田島　それは……本当ですか？
易者　ああ、大体そんなもんさ、男と女なんて。
田島　いやはやまったく気がつかなかった……。
易者　だけど……お兄さんにその気がないんじゃしょうがないね。
田島　いや、まったくないわけじゃないんです……一度乱暴されて死にそうなメに遭いましてね。以来、女として見るのをやめていたんです……しかし改めて冷静にみれば決して恐ろしいだけの女じゃない……腹も立つけど美しいし、なにより愉快なところが際立つ女です。
易者　あ、ごめん聞いてなかった。
田島　ええ⁉
易者　なんて言った？
田島　彼女こそ僕の探し求めていた女性かもしれないと言ったんです。
易者　だったら今すぐ会いに行くんだね。大体うまくいくから。
田島　はい……。
易者　これを逃したら二度とこんなに相性のいい相手には出会えないよ。
田島　はい……！（行こうとする）
易者　あ、そうだ、ついでにひとつ。
田島　なんですか。
易者　ごくごく近い未来にひどい災いがふりかかるから、気をつけないと。
田島　最後の最後に嫌なこと言いますね。気をつけます……。

そう言うしかなく、歩き出す田島。

易者の女、消える。

街頭に流れていた流行歌が、不吉に歪み始めている。

以下、スローモーション。

先程の、田島のあとをつけていた男が再び姿を現し、暗がりで、いきなり田島の後頭部を棒で殴りつける。

頭を押さえ、もがいていた田島だが、ほどなくくずおれる。

田島が地面に落とした札を拾い集めた暴漢、動かなくなった田島を見て、死んでしまったのかもしれないと思ったのだろう、ひどく動揺しながら、停車していた貨物列車に田島を乗せると、逃げるように去って行った――

（以下、フラッシュバック的に、次々と短い場面があちこちのエリアで展開する。）

オベリスク編集部の一画らしい。

神妙な面持ちで電話をしている清川と、編集部員A。

清川　（電話の相手に）ええ……ええ……間違いないんですか？　たしかに田島周二なんですか……!?
……そうですか……（切る）
編集部員A　（顔面蒼白で）なんだって……？
清川　上着のポケットから免許証が見つかったそうです……鞄の中にも書類や見本誌が。
編集部員A　嘘だろ……。そんなにひどいの？　遺体の状態。
清川　（頭を抱え）言わせますか僕に……。
編集部員A　いいよ……。どうして……！

田島の変死を告げるラジオのニュースが聞こえてくる。

田島の変死を告げるラジオのニュースが聞こえてくる。

アナウンサー　昨晩、東京中央区にあるマンホール内にて、溺死体が発見されました。警視庁は、所持品などから、この溺死体を港区在住、雑誌『オベリスク』編集長、田島周二氏四二歳と断定いたしました。近年、田島氏は複数の女性と交際し、惹起せる痴情問題に悩んでいたと言われております。そのため、警視庁では事故と事件の両面にて、調べを進めるものであります。

新聞の死亡記事の「文芸誌編集長　変死体で発見」といった見出しが投映されるなか、青木さん、ケイ子、加代、よし、そしてキヌ子が、舞台のあちこちに浮かび上がる。

田島の死に茫然とする人々。

キヌ子が悲鳴まじりの声をあげて泣き崩れた。

ラジオの音が貨物列車の汽笛音にかき消され、列車の車内の田島が浮かぶ。

貨物にまみれて横たわっていた田島が、低く呻いて目を覚ます。

まだ殴られたところが痛むようだ。

田島　……。

列車が停車する。

田島、扉を開け、列車を降りる。

すっかり朝になっている。

田島を発見した、軍服姿にサングラスの米兵二人が近づいて来る。

米兵A　ココデ何ヲシテイル。
田島　I Don't Know.
米兵A　（米兵Bと一瞬顔を見合わせ、田島に）ナマエハ？
田島　名前……。
米兵B　What's your name!?
田島　（思い出せないことに自分で驚きながら）わからない。
米兵B　What!?
田島　I forgot my name.
米兵A・B　……。
田島　I have a headache.（頭が痛いんだ）
米兵A　アタマ？

米兵B、田島の後頭部を小突く。

田島　（痛がって）Stop!

米兵たち笑い、米兵Bはなおも小突く。
幾度も「stop!」を繰り返していた田島、衝動的に米兵Bを殴る。
米兵B、予想以上に痛がり、断末魔のような悲鳴をあげてのたうちまわる。

田島　!?

米兵A、なにやら英語で叫ぶなか、風景消える。
たちまちそこは裁判所。
田島に判決が下される。

裁判長　判決を言い渡す。身元及び氏名不詳の被告人を、一年間の強制労働に処す。
田島　（茫然と）……。

風景、消える。

第二部

13　参集

「一年後」の文字が投映される。
よく晴れた午後。連行家の広くて静寂な庭。
ガーデンテーブルや椅子、寝椅子などが並んでいる。ドリンク類や皿等の食器を積んだワゴンもあることから、何かの集まりが準備されていることが想像される。
蓄音機とレコードを抱えて庭に出てくる連行とそれを手伝う清川。以下の会話のなかで然るべき場所に置く。

清川　こっちでいいですか。
連行　うん。たしかこの前んときもここらへんに……イタタ……。
清川　腹ですか。
連行　腸かな……田島くんのがうつったわけでもあるまいが……どうもゆうべの電気あんまがいけなかったらしいよ。便秘が――尾籠な話で恐縮だけどね、ゆうべホテルで寝ながら部屋にあった電気あんまをこう、ヘソにあててたんだよ。そのためか、朝から……さっき列車のなかでもずっと下腹が痛くてね。

この間に静江と加代が来ていて――。

静江　あなたはメチャなのよ。（加代に）二日も便秘が続くと下剤、そいで少しゆるむと下痢止め、今度は眠れそうにないからと言っちゃ眠り薬、ゆうべは眠れなくて眠いと言っちゃ興奮剤。

加代　(連行に) それじゃまるで自分の体をおもちゃにしてるようなものですよ。

連行　(加代に) おもちゃにしてるんじゃなくて、己の肉体を客観視してるんですよ。自分自身をも客体化し、これをおのが意思のままに操作する。

静江　(やや冗談めかして) なんでもいいわ。早死にしてくれれば越したことないし。

連行　(清川に妻のことを) ……どう思う、あれ。

清川　(これも冗談なのか) 本気だと思いますよ。笑ってませんもん。

連行　(真顔で) バカヤロ。

加代　じゃ御主人、今日は暴飲暴食はお控えになることね。

連行　いや、食いますよ。(清川に) 腸をかばって舌に不義理をするわけにはいかん。

静江　幸子は？

連行　そのへんウロウロしてるだろう。

静江　(非難がましく) ちゃんと見ててくださいよ……！

連行　(蓄音機を指して) そんなこと言ったって君。俺、さっき長旅から帰ってきて……。

清川　さっき納屋の裏のジメジメっとしたとこでミミズ掘ってるの見かけましたよ。

静江　(やはり非難がましく) ホラ。

連行　ホラったって……。

静江　行ってきてくださいよ。また鼻に通してこんなことやってたら。(と右左を交互にひっぱる仕草)

連行　うん。(と離れたところから) おい。

静江　私は「おい」なんて名前じゃありません。連行おいですか私は。

連行　連行静江。(と手招き)

静江　なによ。(と近づく)

連行　（小声で）奥の客室、どうして鍵かかってる。
静江　え？
連行　客室だよ。鍵かけたろ。
静江　知らないわ。
連行　……。
静江　かけたわよ。
連行　君まさか……。
静江　違いますよ。早く行きなさい。
連行　本当だね……。

連行、去って行く。

加代　（清川に）オベリスク、読みましたよ。
清川　そうですか。
加代　今月号かしら、あれ。先月号かしら。
清川　俺に聞かれても。表紙はどんなでした？　タコと裸の女？　坊さんと裸の女？
加代　（静江に）あれ、タコなの？
静江　タコ？　何が？
清川　タコですよ。坊さんもたいして変わんねえけど。
静江　（わかって）ああ……。
加代　随分低俗な雑誌になってしまったのね。
清川　売れるんですよ、低俗なほうが。

静江　（加代に、苦笑して）そうみたい、残念ながら。
加代　静江さんの書かれた記事はよかったわ。
清川　（準備されていた酒をグラスについでグイと飲む）
静江　清川くん、揃ってからにして。
清川　はい。一筋の光ですよ、静江さんの連載記事は。仲間に入ってもらって本当によかった……
もちろんやりにくいところもありますけど……。

清川、少し離れた場所にある寝椅子に横になる。

加代　あの表紙じゃなかなか本屋で買えないわ、恥ずかしくって。
静江　（清川に聞こえぬよう）清川編集長もあれで彼なりに葛藤してるのよ。
加代　裸の写真はせめてもう少しキレイな人でできないの？
静江　モデル料が払えないの。
清川　（聞こえていて）だったら先生、モデルやってくださいよタダで。白衣の下、素裸で……ハハハ……。
静江　よしなさい。
清川　叱られてばっかりの編集長ですよ。なんなら今日来てる人勢揃いでモデルやってもらったらどうだろう。「前編集長田島周二を彩った女たち、田島は夜な夜なこの身体たちを貢った」。

加代、清川の飲みかけのグラスの酒を彼の顔にぶちまける。

清川　冷て！　冷てえなあ！
加代　その言葉、田島さんに言ってごらんなさい！

清川　だって死んじゃったじゃないですか。
加代　田島さんの墓前で！
清川　いいですよ。ただの石ですからね、墓なんて。（静江に）拭くものないですか。
静江　ないわよ。どうしちゃったの今日は。
清川　別にどうもしませんよ。ユーモアじゃないですか。
加代　ユーモア⁉
清川　これでいいか。（とふきんを）
静江　そんなもので拭かないで。（とハンカチを渡す）
清川　あるんじゃないですか。（と受け取る）
加代　ユーモア⁉

ケイ子、青木さん、健一が、よし（一見して身重であることが分かる）を伴って、来る。

静江　あら、いらっしゃったの？
青木さん　ええ、たった今。
静江　（よしに）はじめまして。
よし　こんにちは……。
青木さん　静江さん。田島さんの奥様だった方。
よし　ええ、はい。
静江　草壁よしさんね。はじめまして。やっとお会いできましたね。
よし　はい……。
静江　御結婚なさったんですって。何か月？（お腹のこと）

静江　御結婚なさったんですって。何か月？

健一　八か月だそうです。
ケイ子　なんで兄さんが答えるのよ。
健一　え？　だって聞いてたから。
ケイ子　思わせぶりに聞こえるのよ、兄さんが言うと。
健一　聞こえないよ。（青木さんに）聞こえないだろ？
青木さん　……。
健一　……。
静江　そんなときにありがとう。
よし　はい。
加代　ユーモア。
静江　（加代に）もういいじゃないの。（よしに）大楡先生。
よし　こんにちは。
加代　はじめまして。
静江　みなさんはもう紹介しあったのよね。
青木さん　ええ。（笑顔でよしに）大楡先生はあたしの主治医さんでもあるの。半年間入院してたの。あたしが田島さんのことでガス栓ひねったり手首切ったりするたびにお世話になったのよ。
健一　保子ちゃん、満面の笑顔で言うことじゃないよ。

清川がどこかへ行こうとするので、

静江　どこ行くの清川くん。
清川　どこってわけでもありませんけど、じゃあ便所に。

ケイ子　清川さん。
清川　なに。
ケイ子　あの曲ね……。（今流れているレコードのこと）
清川　（どこか素っ気なく）ああ。別に選んだわけじゃなくて乗ってたんだよ偶然、レコードが。

清川、去る。

青木さん　（ケイ子に視線を投げながら）フフフ……命短し恋せよ乙女。
ケイ子　（まんざらでもなく）やめて。
青木さん　（冷やかすように）何よケイ子さん、あの曲って。
ケイ子　清川さんの一番の思い出の曲なんですって。
加代　レコード変えましょうよ。自分で変えればいいんだわ。

加代、レコードを止めて別のレコードを物色するなか――

静江　（皆に）どうぞ、お座りになって。あなた達三人の複雑な関係もう？（よしには伝えたのか、の意）
よし　複雑なんですか？
青木さん　この人（健一のこと）、結婚したいっていうのあたしと。
よし　はあ。
静江　つまり、ケイ子さんは青木さんの妹さんになるかもしれないの。
よし　ええ。
静江　どうするの？　お受けするの？

青木さん　（ヤケにサバサバと）ええ、もうしちゃおうかと思ってます。
静江　おめでとう。
よし　おめでとうございます。
健一　ありがとうございます。
青木さん　さしてめでたくもないんですけど。
ケイ子　（真顔で）いいの？　よく考えた？
青木さん　いいのいいの。考えたところで同じなんで。
ケイ子　私は絶対やめたほうがいいって進言してるんですけど。
青木さん　いいのいいの。
加代　（戻ってきて）なぁに、やけっぱち？
青木さん　やけっぱちです。
加代　青木さん、電球とり替えるのとワケが違うのよ。
ケイ子　電球よ。切れかけた。
健一　一応、俺ここにいるんだぜ。
加代　（不意に）あら？
皆　（なんのことかわからず）？
加代　これ、同じ曲じゃないの……！（と、大事のように再び変えに行き）静江さん、あなた同じレコード何枚持ってるの？
静江　わからないわ、レコードは全部田島のコレクションだから。
加代　そう……。
静江　いいじゃないのこれで。さあ、じゃあよしさんもいらしたことですから、私から一言。（おふざけなのかスピーチなのか）お集まりの皆様、本日はようこそ第三回「田島周二を偲ぶ女たちの会」

に足をお運びくださいました。

それぞれが思い思いの拍手。

静江　四十九日、誕生日、そして本日の一周忌と、回を重ねて参りましたこの集い。今やすっかり、田島の愛した女性たちがざっくばらんに親しく語り合える、のびのびとしたレクリエーションとして定着いたしました。本日は初参加のよしさんもお迎えすることができました。

皆、よしに拍手。

青木さん　（割り込むように）こうして出会えたのも田島さんのおかげです。粗末ではございますが、いつものようにお料理とお飲み物を御用意させていただきました。本日も日の暮れるまで、いえ夜の更けるまで、いっそ朝日ののぼるまで、おおいに田島周二の思い出を語り合いましょう。
加代　青木さん、よく喋るようになったわね。
青木さん　よく喋るようになりました。大櫛先生のおかげです。
加代　（健一に）薬が合わないのかしら……。
健一　頼みますよ……。
静江　それから、本日は後ほどあっと驚く秘密のゲストをお招きしております。乞御期待、どうぞお楽しみに。
ケイ子　どなたですか、秘密のゲストって？
健一　バカ、それ言っちゃったら秘密にならないじゃないか。
ケイ子　兄さん、口臭い。

静江　ささて誰でしょう。さ、食べてください飲んでください。

一同、飲食を始めるが、よしだけ動かない。

加代　青木さん、新しいお薬は食前よ。
青木さん　もう飲みましたわ。
加代　二錠でいいのよ、兵隊さんの分はいいのよ。
青木さん　わかってます、この子たちもちゃんとわかってますから。
静江　だけどさすがに減るものね、三回目ともなると。（参加者の人数のこと）
青木さん　このぐらいのほうがいいわ、皆さんとお話できるし。ホラ、なんて言いましたっけあの人
お名前、初回のとき、田島さんと一度夜鳴きそば食べたってだけで来た人。
ケイ子　ああ、長い顔の。
青木さん　長い顔の。
静江　長い顔の、いたわね。
青木さん　ああいう手合いには二度と参加してほしくないわ。そんな、一度きり夜鳴きそば食べた
ぐらいでぬけぬけと。
加代　（健一に）ホントに喋るようになっちゃったわね……。
健一　躁病ってやつじゃないですか……？　たまに泊まりに行っても、夜中なんか彼女、兵隊さんたちと
大騒ぎで眠れないんですよ……。そのうち戦争でもおっぱじめるんじゃないかと気が気じゃないんです。
青木さん　（健一に）何、私の悪口？
健一　悪口じゃないよ。
静江　よしさん、固くなってないでどうぞ楽しんで。

よし　（笑顔を作って）楽しんでます。
加代　清川さんに言わせると、この集まりはグロテスクな怪奇趣味だってことになるらしいけど、いいものよなかなか。
ケイ子　田島さんが言ってたのよ。人が死ぬっていうのはね、その人が亡くなって全て終わってしまうわけじゃないんだって。その人の知り合いが、その人となにかしら関係のあった人がみんな亡くなって、それで初めて終わりなんだって。

皆、黙ってうなずいたりして、少しだけ感傷的になったような――

青木さん　まあでも死んじゃえば終わりよね。
加代　（苦笑して）青木さん……。

よしがいきなり泣き出す。

健一　（青木さんに）泣かせちゃったじゃないか……。
加代　いいのよ泣いても笑っても、ここでは。
よし　あたしのせいなんです。
静江　なにが……？
よし　あたし、田島さんが亡くなった日の夜、一緒にいたんです……。

場の空気が緊張したことがわかる。

青木さん　どこで？
健一　いいじゃないかどこでだって。言いたきゃ自分から言うさ。
よし　二人きりの、とある小さな部屋でです。（短い間、あって）田島さんあたしにね、「一緒に死のう」って言ったんです。
ケイ子　え……。
よし　「俺と一緒に死んでほしい」って。
健一　それで？　断ったんだね。
よし　あたしまだ死にたくなかったから。
健一　そりゃそうだよ。
ケイ子　兄さん、ちょっと黙っててよ。
健一　どうして。
青木さん　（健一にキツい口調で）好きになっちゃったの？
健一　なってないよ。君だけだよ僕ぁ。
よし　本当に死んじゃうとは思わなかったから……止めることだってできたと思うのに……あたしのせいで田島さん死んじゃったんです……！

間。

加代　それはちょっと自意識過剰ね……。
静江　（制して）大櫛先生。
加代　承認欲求過多よ。
よし　（泣きながらも少しカチンときたのか）なんですか、承認欲求って。

加代　それはちょっと自意識過剰ね……。

加代　あなたは自己評価が高過ぎるんじゃないかって言ってるの。
よし　どうしてそうなるんですか。
ケイ子　大櫛先生はあなたが田島さんの死をひとりじめにしてるっておっしゃってるんだわ。
加代　ちょっと違うわ。
よし　（加代に）してないわ、ひとりじめになんか。
加代　私は違うって言ってるんでしょ。聞いててちょうだい、ちゃんと！
よし　あたしは死のうって言われたから
青木さん　（突然）死のうって言われたことがそんなに偉いの⁉
健一　保子ちゃん、偉いとか偉くないの話じゃないから。
よし　死のうって言われたことが偉いなんて言ってるんじゃなくて、止められなかったことが偉くないって言ってるんですよ！
青木さん　（混乱して）え、なに⁉
よし　偉くないんです、あたしは！
青木さん　だからそう言ってるのよ私は！
よし　え⁉
青木さん　え？
健一　落ち着こう。ね、意見一致してるんだから。
加代　はは–ん、あなたね、面倒臭い子って。
よし　え？
健一　はは–んて。
加代　面倒臭いのが一人いるってのは聞いてたのよ。ですから愛人のなかに。
よし　誰から。

ケイ子　田島さんでしょ、この場合どう考えたって。
健一　ケイ子、おまえもどうしてそうやって。
ケイ子　くさ……！　歯を磨きなさいよ！
健一　シベリアでは歯なんか磨けない日が何か月も——
ケイ子　（遮って）いいのよもうシベリアのことなんか！　ここは日本なんだから！
健一　どうしてそんなになっちゃったんだよおまえは……。
ケイ子　兄さんでしょ、こうさせたのは！
健一　（皆に）すみません。
ケイ子　あたしに謝れ！　わかってる？　あたし、田島さんがこの人たちを殺して食べちゃったって言っちゃったのよ。

一同、「!?」となる。

よし　なに!?
健一　だからそれは、謝っただろ散々。
ケイ子　謝って済むこと!?
健一　だって今おまえ、謝れって。
加代　殺されて、食べられちゃったんですか私達。
健一　先生達をじゃなくて、別の愛人達をです。
加代　え、それは何かの比喩!?
ケイ子　恐しい嘘よ、この男がついた。
健一　この男って、ケイ子……

よし　お腹の子供にそんな話聞かせたくないんですけど！
青木さん　どうせ産まれるのは面倒臭い子供よ。
健一　保子ちゃん！
よし　（手元の食べ物を青木さんに投げる）
青木さん　なにすんのよ！　先生言ったでしょ、町人要求の母親からは町人要求の承認欲求よ、青木さん。わからないなら使わない。
加代　承認欲求よ、青木さん。わからないなら使わない。
ケイ子　あたし、取り返しのつかないこと言っちゃったのよ！　食べてもいないものを食べただなんて。
健一　だから悪かったよ。
ケイ子　田島さんに謝れないまま、あの人死んじゃったわよ！
健一　そのかわり、清川さんに出会えたんじゃないか！　兄さんが田島さんが愛人食べたって言わなかったらどうだった。え？　おまえあの晩、清川さんに会えなかったんだぞ！　兄さんが愛人食べたって言わなきゃ、行かなかっただろ編集部に！　みろ！　俺は反対だけどね、おまえと清川さんの結婚には。おまえが俺と保子ちゃんの結婚に反対な以上にだよ。

間。

静江　はい、いいかしらもう。素敵なことよ、こうして言い合えることは。田島さんがいなかったらこんな風に語り合えなかったもの。
健一　素敵なことですか、これ。
静江　ええ。でももうよしましょう。ね。
ケイ子　（兄を咎めるような目で見て）そうよ……こんな日に。
健一　……。

よし　（執拗に）面倒臭いってなんですか……。
静江　大櫛先生、簡潔に説明してあげて。
加代　若さが眩しいってことじゃない。（苦笑しながら）ああ、腹が立つ。
静江　そういうこと。
よし　……。

ボロボロの羊の人形を抱えた幸子がニコニコしながら、キヌ子と手をつないで現れた。

加代　（笑顔になって）あら、キヌ子さん……！
キヌ子　こんにちは。
加代　本当に来たわ。
キヌ子　はい？
加代　（静江に）永井キヌ子さんよ。それこそあなたがあたしにあんな手紙をよこしてくれなかったら、絶対に仲良しになれなかった方。
静江　ええ。ようこそ。（幸子に）偉いわね幸子、連れて来てくれたの？
キヌ子　塀の上に座ってて。
静江　そう。
幸子　（少し奇妙に笑う）
静江　（キヌ子に）普段しない笑い方だわ。
キヌ子　（そう言われてもやや戸惑いながら）そうなんですか。
加代　そうか、本当に来ちゃったか。
キヌ子　まずかったですか、来ちゃ。

静江　とんでもないわ。どうぞお座りになって。
加代　（キヌ子に）いいのよ、半分は本気だったんだから。どうなの、痔のほうは？　よくなった？
キヌ子　（皆が見るのでバツ悪く）ええ、もう。
静江　（幸子がまだキヌ子とつないでいた手を）幸子、手を離してあげて。
幸子　（嫌だという意思表示）
加代　なついちゃったわ。
静江　（笑って、皆に）みなさんはもう御存知なんですものね。

それぞれの反応。

キヌ子　お久し振りです……（言葉続かず）
加代　ほら。一言謝りたくて来たんでしょ。
キヌ子　今謝りますから。……あの、
加代　サッサと謝っちゃいなさいよ。練習したのよ。
キヌ子　（加代に）言わないでくださいよ。（で、皆に）いつぞやは素性を偽り、大変御迷惑をおかけしました。（よしを見つけ）あ……。
よし　（いまいまし気に）かつぎ屋……。
キヌ子　あんたも来てたのか……。
よし　来てたわよ……。
静江　よしさん、敵が多いわね。（よしに、キヌ子のことを）田島さんのお墓をたててくださったのよ、頼みもしないのに。
キヌ子　（苦笑して）すみません、衝動的に。

静江　冗談よ。先月も大櫛先生とお参りに行ったわ。それにしても高かったでしょう、青山墓地に
あんなに大きなお墓。どっかの武将のお墓みたい。
加代　貯金全部注ぎこんでスッカラカンですって。（キヌ子に）ね。
キヌ子　ええ、まあ。大きい人だったんで、大きいほうがいいかと。
静江　（笑って）それにしたって……向いの大久保利通のお墓が小さく見えたわ……。
幸子　大久保。
静江　うん、大久保。

キヌ子、ケイ子と目が合う。

ケイ子　お久し振りです。
キヌ子　（どこか気まずく）こんにちは……。
ケイ子　嬉しいわ、またお会いできて。お葬式のとき変装されてたでしょ。
キヌ子　バレてましたか……。
青木さん　こんにちは。
健一　ごぶさたしてます。
キヌ子　こんにちは……。
加代　今日もあとでみんなで行くのよ、お墓参り。一緒に行きましょ。
キヌ子　あたし、今日もう行ってきたんで。
加代　いいじゃないの何回行ったって。（静江に）ねえ。
静江　今日はやめましょう。

皆、「？」となる。

青木さん どうして？　一周忌ですよ。
加代 そうよ。今日行かなけりゃ、いつ行くのよ。
静江 （家のほうを見て）……そろそろ目を覚ましたかしら……。
加代 誰が？
静江 ……皆さん、驚かないでくださいね。
青木さん なぁに？
静江 信じられないことが起こったんですよ。
ケイ子 なんなんですか……⁉
静江 あのね、実はね、

幸子が突然悲鳴をあげて泣き始めるので、皆、とんでもなく驚く。

静江 どうしたの！
幸子 （手を示して泣く）
キヌ子 ごめんなさい、ちょっと力が入っちゃったかも。ごめんね！
幸子 （静江からも離れて）ビビッときた！
キヌ子 え？
幸子 （泣きながら）電気！　電気！
静江 ビビッときたの⁉
よし あんた、なにしたんだよ！

キヌ子　ちょっと力入れただけよ！
幸子　ビビッときた！
青木さん　（加代に、キヌ子のことを）彼女、電気が流れる病気なんじゃないんですか⁉
加代　ただの痔よ。
静江　幸子、来なさい。
キヌ子　幸子ちゃん。（と近寄る）

幸子、逃げるように去った。

ケイ子　あたしが。

ケイ子、追って去った。

青木さん　なんなのかしら、ただの痔でビビッとくるというのは。
加代　青木さん、つなげて考えるべきじゃないわ。きっとどこかの神経に触ったのよ。
キヌ子　すみません、本当に。
加代　折れてないといいけど。
よし　わざとだよ。そういう女なんですよ。
キヌ子　（カチンときて）どういう女よ。

よしがキヌ子につかみかかったとき、和服姿の田島が来る。多くの人が喧嘩を制するのに夢中で、まだ誰も気づかない。

田島　（人々の叫声のなか）よしましょう！　ケンカはよくない！　よしましょう！
静江　妊婦さんなのよ！
キヌ子　（初めてよしの腹に気づき）！
田島　よくないな。大丈夫ですか。

この言葉で、人々はようやく田島の存在に気づく。

一同　（静江以外）！
田島　大丈夫ですか？　お腹痛くありませんか……？
よし　（うなずくのがやっと）
田島　（静江に）すみません、関係ないのにお邪魔してしまって……。

青木さんが不意に失神する。

田島　!?
健一　保子ちゃん！
田島　大丈夫ですか!?　何かされましたか？（とキヌ子を見る）
キヌ子　……。
静江　何もされてませんよ。
田島　もしもし。貧血かな……？（寝椅子を発見し）あそこに寝かせましょう。
よし　（目をはずしていて）幽霊……!?

田島　（その言葉に反応し、キヌ子を指して）この人ですか？
静江　（田島に）井伏さん、運んであげてくださいな。
田島　はい……。（健一に）御主人ですか。
健一　（はじかれるように）はい。あ。（と青木さんを）

田島と健一が青木さんを寝椅子に運ぶなか──

静江　（皆に）記憶を失くしていらっしゃるの。

押し黙ったまま、顔を見合わせたりする人々。

静江　自分のお名前も憶えてらっしゃらないんですって。呼ぶのに困るから私が昨夜仮のお名前を。
田島　とても気に入ってます。井伏鱒太郎。
静江　強制労働でダムの建設をなさってたそうなんです。三日前に東京に戻ってらしたそうなの。
（田島に）部屋から出ては駄目だと言ったじゃありませんか。
田島　申しわけありません。とても楽しそうな声がしたものですから、つい窓から（出てきてしまった、の意）。
何かのお祝いですか？（と皆に）
皆　（何と答えたらよいのか、と静江を見る）
静江　大変お世話になった知人が復員して参りましたの。
田島　そうですか。（健一に）あなたですか。
健一　（静江を見る）
静江　今、はずしてますの。田島さんという方。（皆、静江を見る）

田島　はあ。（皆に）おめでとうございます。

皆、曖昧に頭を下げる。

田島　御主人はまだ御旅行からお戻りでは。
静江　間もなく戻ります。戻り次第すぐ連れて参りますから、どうかお部屋でお待ちになってて、お願い。
田島　は……大変失礼を致しました。（キヌ子をやや蔑むように振り返り、去る）
キヌ子　……。

皆、田島が去るのを待ってから、一斉に無言で静江に詰め寄るような——

静江　特別ゲストよ。生きてたの。
加代　（へたり込んで）心臓が止まるかと思ったわ……。
よし　（静江に）一体どういうことなんですか！
加代　そうよ！　説明してちょうだい。
よし　言ってないんですか、静江さんが前の奥さんだって。
静江　ええ……なんとなく言いそびれてしまって……。ゆうべ連行宛てにいきなり電話があったの。まさかと思ったけど声があの人でしょ。行く所がないって言うから半信半疑で喫茶室で待ち合わせして、そしたらあの人が座ってたのよ……。

キヌ子がへたり込んで泣き始める。

つられるようにして、よしも泣く。

加代　泣き虫ね二人とも、田島さんが生きてたくらいで。近いうちに、みんなでお墓壊しに行きましょうよ！（と言い終わる前に泣いている）

キヌ子　（泣きながら加代に）戻るんですか、記憶って。

よし　（泣きながら）戻るわよ。戻るでしょ？

加代　（泣きながら）場合によりけりよ！　戻るわよ！

静江　（少しもらい泣きしながら）戻るわよ。でも、今みんなが愛人だ元女房だなんて一斉に言うのは混乱させるだけよね。

加代　そうね。たしかに、今言うのは刺激が強すぎるかもしれないわね。以前ウチの病院にも記憶喪失の男性が入院してたんだけど、ある日その男の妻を名乗る金髪の西洋人がやってきたの。

よし　それで？　どうしたんですかその男の人。

加代　その日の晩に病室で首を吊って自殺したわ。

一同　……。

キヌ子　駄目なんですか、部屋行っちゃ。駄目と言われても行っちゃいますけど。

静江　いいわ、行きましょう。だけど皆さん、いい？　決まりを守ってね。

よし　なんですか、決まりって。

静江　これから決めるんです。

皆、先を争うように去る。

健一　（寝ている青木さんの傍で、皆の背に）俺、彼女を。

返事、ない。

健一　（寝ている青木さんに）保子ちゃん……田島さんは憶えてないんだからな、君のこと……大丈夫だよな？　もう観念したほうがいいよ。きっと幸せにするから、兵隊さんごと幸せにするから。（短い間）ちょっと妹探してくるよ。

当然返事はない。

健一　……。

健一、行こうとすると幸子が戻って来る。

健一　幸子ちゃん。
幸子　……。
健一　幸子ちゃん、お姉ちゃん来なかった？
幸子　……。
健一　手、治ったかな？　ビビッときたの。
幸子　（青木さんを見つけ、寝椅子に近寄りながら）……。
健一　うん、お昼寝してるんだ。お母さんお家のなか入ったよ。なあ、お姉ちゃん行かなかったかい？

幸子、その台詞のなかで隣の寝椅子に横になっていた。

健一　……。

健一、去る。
短い間。

青木さん　（突然明瞭な声で）撃っちゃいなさい！
幸子　（驚いてガバと起き上がる）
青木さん　五人で撃てばどれか当たるわ！　待って！　やめて！　やっぱり撃たないで！

青木さん、眠っている。

幸子　……。（抱いている羊のぬいぐるみの顔を見たりして）

連行があまり元気なく来た。

連行　あ、いた。どこにいたんだ……。
幸子　（空を差す）
連行　嘘つくな。
幸子　（羊を見るような）
連行　幸子……幸子はパパのこと、好きだよな……？
幸子　……。

連行　（やや高圧的に）好きって言いなさい。
幸子　好き。
連行　そうか、うん、……パパも好きだよ……。（幸子が羊を掲げるので）うん、羊さんな。羊さん、もう捨てたほうがいいな。そのなかは小さな毒虫でいっぱいだ……もう羊さんのことは忘れて、幸子ももう七つになるんだから、新しい人生を歩むんだ。

幸子、逃げようとするような——

連行　どこ行く。逃げるな幸子。逃げないでくれ！
幸子　（その語気の強さに動けなくなる）
連行　パパどうやら、もう、母さんとは駄目だよ。あいつが生きてたんだ……鍵穴から覗いたら、呑気に昼寝してやがったよ……ゆうべホテルの部屋から電話したときには泊まらせたりしないって言ってたのに。約束したんだよ……君の母さんは嘘つきだ……
幸子　……。
連行　パパはね、時々こわくなる……静江の声が——静江自身の気づかない静江の声が聞こえてくるんだ……「あなたなんかちっとも愛したことありませんでした……」……そうなんだよ、きっとパパが静江を、君の母さんを無理に口説いて、パパを愛しているように思い込ませっちゃったんだ……しかしてこのタイミングであいつが生きて戻って来た……パパを殺しに来たのかもしれないよ……記憶を失ってるというが、脳みその奥の奥には残っているんじゃないかと思うんだ、パパへの殺意がね……どう思う、幸子は……。

清川が、続いて彼を追うようにしてケイ子が来る。

連行　……。
清川　あれ、みんなは？
連行　（即答で）知らん。
清川　（それを笑って、ケイ子に）一刀両断だ……。まさか、君置いて墓参りに行きゃしないよな……君が行かなかったら田島さん、天国で寂しがる。（連行に同意を求め）ねえ。あれ？（と青木さんのことを、冗談で）死んでるんですか？
連行　幸子、お家に入ろう。
幸子　（首を振る）
連行　そうか。それならそれでいい。「親の甘茶が毒となる」だ。

連行、去る。

清川　（幸子に、その言葉の意味のことを）わかんないよなぁ、俺だってわかんないんだから。（ケイ子へ）君も行けば？　これ以上俺にくっついてきたってなんにも出ないぜ。
ケイ子　（寝ている青木さんを気にして）保子さんが聞いてる。
清川　（幸子に）あれ、幸子ちゃん、カヤの外だよ。ひどいなぁ。
幸子　（青木さんに）撃っちゃいなさい。
清川　え？　（青木さんに撃たれたマネをして）うわあ！　（で、すぐに芝居をやめ、幸子に冷たく）おまえ、施設に入ったほうがいいんじゃないのか？
幸子　……。
清川　なあ。

ケイ子　清川さん、やめて。
清川　（青木さんの隣の寝椅子に横になって、ニヤニヤと）よく寝てら……。
ケイ子　本当に捨てたんですか、あの絵……。
清川　だって邪魔だもん。しつこいな、君も。
ケイ子　捨てるなんて……。
清川　飾れっての、俺の部屋に？　やだよ、気味悪い。壁に飾った全裸の自分に見つめられて生活しろっての？
ケイ子　どうしてわざわざ捨てたってことを口にするの？
清川　（答えず、青木さんの着物の衿に手を入れて）あれ？　お、手が吸い込まれてゆく。
ケイ子　よしなさいよ！
清川　（立ち上がり、ヘラヘラと）悪かったよ。君が心を込めて描いてくれた素晴らしい肖像画を捨てたりして申し分けありませんでした。（と離れて行く）
ケイ子　……。
清川　もうお終わりにしましょう。ちっとも面白くないんだよ、君といても。
ケイ子　……。
清川　なんだい、その顔。最初は優しかったたって？　そりゃそうだよ、期待してたんだから君に。少しずつ退屈じゃなくなるんじゃねえかって。一年間お世話になりました。
ケイ子　これは復讐？
清川　え……。
ケイ子　復讐なんでしょ？
清川　誰への。誰のための。
ケイ子　田島さんのためよ……。

清川　（表情変わり）……。
ケイ子　なに……？
清川　日記、読んだな？
ケイ子　日記？
清川　日記だよ。知らばっくれんな！
ケイ子　書いてることすら知らないわよ。日記？
清川　……。
ケイ子　あたしが清川さんの日記を盗み読みしたっていうの？
清川　（気まずく）読んでないならいいよ……。
ケイ子　え、日記にそんなこと書いてるんですか？　私に復讐するって？
清川　書いてねえよ！
ケイ子　（呆れたように）子供ね……。
清川　なんだと……十以上上だぞ、俺は！　もうじき誕生日なんだぞ！
ケイ子　知ってるわよ……。
清川　何が違うんだ、俺と田島さんと。君をおもちゃにしたんだろ。同じじゃないか、君にやったこと……え？　同じだろ？
ケイ子　田島さんはもっと、ずっと優しかったわ……。（幸子に）そうよね、幸子ちゃん。
幸子　（苦々しい顔で）復讐。
ケイ子　そう、復讐。（天を仰ぎ）天国のお父様、バカバカしくて笑ってるわね。「おい清川、おまえ、やってること支離滅裂だぞ」。
清川　（小さく）うるせえ……。（うなずいてる幸子に、これも小さく）うなずくな……。
ケイ子　あたし、清川さんのこと好きよ……。

清川　……。

遠く、教会の鐘の音が聞こえる。

二人　……。

もはや、ケイ子のほうが落ち着いているようにも見え——

ケイ子　好きだから、あんな雑誌になっちゃっても続けてるのよ。口絵の仕事。

清川　（やっとの抵抗、という風で）生ぬるいんだよ、君の絵は……。先月号の尼さんの口絵だって、あれほど大股開きでって言ったのに

ケイ子　足を組ませるぐらいのほうがそそるのよ、ああいうのは……。

清川　（幸子が足を組んだので）ホントだ。

ケイ子　同性愛者なのかと思ったわ。

清川　え……。

ケイ子　清川さん、おつきあい始めたばかりの頃。田島さんの話ばかりするし、田島さんの好きなレコードを一日中かけてるし……。

清川　そうだよ。その通り。だから、女には興味もてないんだ……。

ケイ子　んん、清川さんは同性愛者じゃないわ。清川さん、本当は私のことが大好きなのよ。最初は弄んで捨てるつもりだったのが、いつの間にか本気になってしまったの……。

清川　そういうのを希望的観測っていうんだよ。

ケイ子　違うわ。わかるの。

清川　どうしてわかる。
ケイ子　日記を読んだから。
清川　⁉
ケイ子　（笑顔すら見せて）ごめんなさい。
清川　（真赤な顔になって）読んだんじゃねえか！
ケイ子　読んだのよ。
清川　嘘つき！
ケイ子　フフフ……。
清川　何が可笑しい！
ケイ子　可愛い。
清川　こ……（絶句）！　全部読んだのか⁉
ケイ子　全部じゃないわよ。青いのとシマシマのだけ。
清川　成人後の全部じゃないか！

ケイ子が清川を抱きしめる。
ややあって、清川もケイ子を強く抱きしめる。
幸子が絶妙な表情で見ている。
健一が戻って来ていた。

健一　お邪魔でしたか？

あわてて離れたのは清川のほうで——

ケイ子　みんなは？　どこ行ったの？

健一　うん……。

清川　どうしたんですか。

青木さん　（突如）おかえりなさい……！　どこ行ってたんですか？

幸子　（空を指す）

一同　……。

暗転。

14　ハロー

連行邸内の居間。
キヌ子、静江、加代、よしが、紙に書かれたあみだで、田島と面会する順番を決めている。

静江　（あみだを辿りながら）こう行って、こう行って、こう行って、こう行って、はい、キヌ子さんは四番目。てことはよしさんはあたしの次ね。
キヌ子　ちょっと待ってくださいよ。四番て、ビリじゃないですか。
よし　仕方ないだろ。
キヌ子　やっぱり、くじ引きで決めましょう。
よし　あんたがあみだで決めようって言ったんだろ……！
加代　いいわ、あたし順番譲るわよ。
キヌ子　（駄々っ子のように）三番目じゃたいして変わらないじゃないですかぁ。
静江　（笑って）なんなの、この人。こんなことしてる間にサッサとあたしから会いに行っちゃったほうが早いじゃないの。
キヌ子　大体どうして静江さんが一番なんですか？　ゆうべからさんざっぱら会ってるんでしょ？
加代　そこは譲りましょ、元妻の特権よ。
静江　（どこかウキウキと遊んでるように）こうした厳粛な面会となったら、改めてきちんと参加したいのよ。たいして話せてないんですもの。

キヌ子　一人三〇分で、四番目って言ったら……（計算できず加代を見る）
加代　一時間半後よ。
キヌ子　一時間半後じゃないですかぁ。
よし　あたしのあと一〇分間休憩が入るから一時間四〇分後だよ。
キヌ子　映画が観られちゃいますよ！
静江　観てくれればいいじゃないの。
加代　駅前であれやってたわよ、『アラスカ珍道中』。
キヌ子　珍道中なんて気分じゃないですよ！　どうして一人ずつなんですか!?
よし　あんたが言ったんだろ、一人ずつにしようって！
キヌ子　（よしに）言っただけよ！
静江　だって、いいでしょ？　二人きりのほうが。
キヌ子　いいです……。
静江　では、お先に。（と恭しく一礼）

一同、やや面食らいながら一礼。
静江、去った。

キヌ子　一時間四〇分か……。
加代　短いもんじゃない。天国行かなきゃ会えないと思ってたんだから。
キヌ子　そうは思えませんよ、もう生きてるってわかっちゃったんだから……！
加代　（本当に好きなのね、と見ている）……。
キヌ子　（そのマナザシに）なんですか。

加代　なんでもないわ。
よし　（不意に笑い出す）
加代　どうしたの？　どうしたのよ。
よし　（おかしくてたまらないとばかりに、キヌ子に）だって、田島さんが生きてたってことは、あんた、どこの誰かもわからない人のためにそんなにおっきなお墓たてちゃったんでしょ？
加代　（つられて笑いながら）そうね……そういうことになるわね。
キヌ子　……。

笑いはむしろ増幅してゆくなか、居間は消えてゆく。
入れ代わりに浮かぶのは、昨夜から田島が泊っているという客室。
今そこにいるのは、土下座する田島と、入室間もない様子の連行。

連行　（気まずく）頭を上げてくれたまえよ……。
田島　いえ、この度は見ず知らずの分際で大変御厄介になってしまって――
連行　一晩泊めてやったぐらいでなんだい……いいよいいよ。
田島　奥様には大変よくしていただきまして――
連行　そう……そりゃよかった。本当に思い出せないのかい。
田島　はあ……。
連行　ではどうしてわかったのかな、ウチの電話番号。
田島　それが自分でも不思議なんです。ハッキリと覚えている電話番号がひとつだけあるんです。
連行　それがウチだったってわけか……。
田島　そうなんです……奥様はまったく私に覚えがないとおっしゃるので、それではきっと御主人がと期待をかけたのですが……。

連行　いや知らんね、まったく知らん。

田島　よく見ていただけませんか。（と近づいて顔の角度を変えたりする）

連行　（ロクに見ずに）いや、知らんね。

田島　そうですか……（と離れるが、いきなり踵を返す）

連行　（ので、ドキリとして身を引き）なんだい……！

田島　髭をのばしてたかもしれないんですが……（とさらに見せようと）

連行　うん、それも想像した。髭のばしたり頭坊主にしたり、全部想像したけど、驚くほど知らん。

清川とケイ子が駆け込んでくる。

清川　編集長！

連行　（うろたえるが時すでに遅く）

田島　はい？（と連行を見る）

連行　人違いだよ。

清川　（とり合わず）何言ってるんですか。

ケイ子　田島さん……！

清川　（田島に抱きつき）よかった！　本当に良かった！

田島　編集長……。

連行　清川くん、今あれだから。

清川　ええ。本当によかった。今さっき、あ、そうかと思ったんです。追いはぎでしょ？　あの晩、田島さん、上着と靴、盗まれてたんですもんね！　うっかりしてた！　追いはぎだったんですよ、見つかった死体は！

連行　清川くん、彼、記憶が

清川　（遮って）わかってます。思い出しますよそんなもん少しずつ！　（連行に）でしょ！　（ケイ子を）水原ケイ子先生です。オベリスクに口絵を描いていた。つきあってるんです、僕ら。

連行　清川くん、無茶だよ、情報量が多過ぎる。

清川　言ったほうがいいんですよ。言わなきゃ思い出さないじゃないですか。

田島　（むしろ連行に）田島っていうんですか、僕の名前。

連行　らしいね……。

清川　田島さんです。田島周二。

田島　田島周二。

ケイ子　田島さん……。

田島　（ケイ子に）こんにちは……。

ケイ子　（言葉なく一礼）

清川　愛人だったんです、編集長の。

ケイ子　（慌てて）清川さん……

田島　愛人……!?

清川　やさしかったんですって。でも、結局捨てたんです。

田島　すいませんでした！（土下座）

清川　いいんですよ。今は僕と付き合ってるんです。

田島　そうですか。はい。

連行　清川くん、今はこのへんにしておこう。疲れているんだから。

清川　明日からでもまた出社してください。

静江が盆に二つのコーヒーカップを乗せて来る。

静江　何やってるの⁉

清川　ああ、田島さん生きてたんです！

静江　知ってます。（三人を追い出しながら）ちょっと今は出て行ってちょうだい。私の持ち時間なんですから。

連行　持ち時間⁉

静江　（かまわず、田島に）ごめんなさいね、井伏さん。

清川　井伏さん⁉

静江　いいからホラ！

ドアの外に出た四人。

静江　どこまで話したの……⁉

清川　主に僕が彼女と付き合ってるってことを。

静江　そんなつまらないこと。

清川　……。

連行　君、僕に嘘をついたね。

静江　そういうことは後にしてちょうだい、いっくらでも謝るから。（三人に）記憶喪失の人に思い出させようとしてあまりいっぺんにいろいろ話すと、大抵の人は首を吊って死んでしまうんですって。

三人、「!?」となる。

清川　デマでしょ。
静江　デマじゃないわ。大櫛先生がきちんとした症例に基づいて教えてくださったんだもの。
三人　……。
清川　ホントは付き合ってないって言ってきましょうか。
連行　清川くん、意味ないよそれは。
静江　(行くように促す)また順番にお呼びしますから、映画でも観てらして。
連行　映画?
静江　でもなんでも。

三人、仕方なく去ってゆく。

静江　……。

静江、再び入室する。

静江　ごめんなさいね、お騒がせして。コーヒー召しあがって。お砂糖二つ入れてあるわ。
田島　田島というんですね、僕の名前。
静江　(慌てる素振りなく)そうなの……?
田島　ええ。田島周二。オベリスクという、雑誌か何かの編集長だったらしいです。あの清川さんという方が。水原さんて方とお付き合いされている。
静江 おそろしくいろいろなことを学びましたね……。
田島 はあ……。
静江 思い出したんですか？　それ聞いて。
田島 いえ、まったく……。
静江 慌てないほうがいいわ。
田島 ええ……先ほどはすみませんでした。お庭で。
静江 いいのよ。（とラジオをつけ）召しあがって。
田島 いただきます……。

コーヒーを飲む田島をじっと見つめている静江――。

田島 おいしい……。
静江 よかった……ガテマラです、あなたの好き……好きそうな。（まったく慌てない）
田島 好きそうですか。ガテマラ。
静江 好きそうです。言われたことない？
田島 憶えてません。
静江 ええ……。ゆっくりしてって。あと二、三か月。
田島 （驚いて）いえ、それはできません。
静江 いいわよ。お金ないんでしょ？
田島 ええ。でもなんか、明日から出社してくれまいかと言われました……。
静江 誰に？　清……今の、なんとかって人に？

田島　ええ。（静江の様子に）御主人のお知り合いですか。
静江　そうなのかしら、よく知らないの。
田島　そうですか……。

間。

田島　（静江の視線に）なにかついてますか。僕の顔に。
静江　ええ。
田島　（とろうとする）
静江　とれないわ、目と鼻だもの。
田島　え？
静江　（笑う）
田島　（ので思わず笑って）
静江　とれちゃったら大変。
田島　（まだ笑いながら）面白い方だなぁ。
静江　あたしが？
田島　ええ……。（何か考え込んだ静江に）どうしました。
静江　（咎める口調ではなく、しかしどこか寂しそうに）前の主人にね、同じこと言ってもニコリともしなかったわ……。
田島　前の御主人。
静江　ええ。「忙しいときにつまらないこと言うな」って……面白いのにねぇ。（と笑う）
田島　ええ……かなり。でも、今の御主人がいらっしゃるから。

静江　井伏さん。
田島　（すぐに）田島です。復員された方と同じです。
静江　ええ、田島さん。
田島　はい。
静江　こう言ってみてくださらない？
田島　なんですか。
静江　いいから言ってみて。（一瞬考えて、感情を込め）「今日はいい天気だね」。
田島　そうでもないですよ。
静江　お芝居よ。
田島　ああ……「今日はいい天気だね」（棒読み）
静江　ヘタクソ。もっと気持ちを入れてちょうだい。
田島　はい。「今日はいい天気だね」。
静江　ええ……「今夜は肉ジャガが食べたいな」。
田島　どうして天気がいいと肉ジャガが食べたい（んですか？）
静江　（遮って）別の場面よ。
田島　ああ。「今夜は肉ジャガが食べたいな」。
静江　お作りしますわ……。
田島　（何か言おうとするが）
静江　「見てみろ、可愛い子だね、世界一可愛らしい赤ん坊だ……！」。
田島　……「見てみろ、可愛い子だね、世界一可愛らしい赤ん坊だ……！」。
静江　ええ、とっても……「よく、頑張ってくれたね。五八〇〇グラムもあるよ」。
田島　「よく、頑張ってくれたね。五八〇〇グラムもあるよ」。

静江　名前はなんてしましょう？
田島　（といきなり問われてもと困惑）
静江　（答を教えるように小声で）幸子。幸子。
田島　幸子っていうのはどうだろう。
静江　幸子。幸せな子……いいわね……とってもいい……（架空の赤ん坊に）幸子……あなたきっと幸せになるわよ……（鼻をすすり、目頭を押さえるような）
田島　（面食らって）泣いてるんですか？
静江　泣いてませんよ。（芝居を続けて、嬉しそうに）見て、幸子が紙あげてるの、あれ羊よ。
田島　（これは得意だというように）幸子、紙を食べるのは羊じゃないよ、山羊さんだよ。
静江　あら、食べたわ羊。
田島　ホントだ。
静江　羊も食べるのね、紙。
田島　だまされてたな、今まで。
静江　見て、幸子嬉しそう。
田島　幸子、羊さん好きか……そうか……羊さぁん、あ、噛みやがった！（と手をおささえる）……
（架空の幸子が心配して声をかけたのだろう）大丈夫だよ幸子……ありがとう……うん……うん……。
静江　？　泣いてるんですか？
田島　（声を詰まらせて）あのとき幸子……幸子のやつ、大きくなったら羊さんになるって言って……。
静江　（そんなことより）憶えてるの……⁉
田島　憶えてるよ！
静江　（混乱して）え、え、え……！　嘘だったんですか、記憶なくしたっていうのは！
田島　嘘じゃない、ゆうべいっぺんに思い出したんだ、なにもかも。

静江　（まったく信じず）ゆうべ⁉
田島　幸子と話してて。
静江　え⁉
田島　便所行こうとしたら、暗がりで巨大な影に「父ちゃん」って声掛けられて……。
静江　それで？
田島　だから思い出したんだよ、それで！　話してるうちに！　しょうがないだろ思い出しちゃったものは！
静江　じゃ、なぜ早く言わないんですか、思い出しちゃったよって！　すっかり恥ずかしいとこ見せちゃったじゃないですか！　寝言聞かれるより恥ずかしいわよ！
田島　すっかり言うタイミングを失っちゃったんだよ！　なんか朝っぱらからいろんな人が来て、俺の話して泣いたり笑ったりしてるし、
静江　一周忌だもの、あなたの！
田島　タイミング悪いんだよ、おまえはいっつも！
静江　（絶句）……。
田島　午後は午後で……びっくりしたよ！　なんであの顔ぶれが集まって飯食ってんの⁉
静江　冗談じゃありません。今すぐ出てってください！
田島　（驚いて）やだよ。
静江　やだ⁉
田島　二、三年いろって言ったじゃないか、さっき！
静江　それはできないって言ったじゃないの、あなた！
田島　少しは労《ねぎら》ってくれたらどうだい。大変だったんだぜ、一年間も毎日穴の底でコンクリ流して。
静江　いい気味ですよ！

田島　そうか、幸せか……羨ましいよ……。

田島　……。
静江　（少し言い過ぎだと思ったのか）……コーヒー飲んでからでいいわ。
田島　うん……。苦いよ、このコーヒー。
静江　（またカチンときて）お砂糖二つ入れました！　二つでしょ、あなた。
田島　ちゃんとかきまぜた？
静江　まったく変わってない……！
田島　怒るなよ……感謝してるよ……幸子には。
静江　私には⁉
田島　（かぶせて）おまえにも。
静江　……。
田島　でかくなったな、幸子。
静江　なりましたよ。
田島　……連行さんと、仲良くやってるかい。
静江　まあまあです。
田島　そう……そりゃよかった……幸せになってもらわないとな、幸子にも君にも……。
静江　幸せです……。
田島　そうか、幸せか……羨ましいよ……。
静江　自業自得って言葉、知ってますよね？
田島　すまない……諸々、すまなかったと思ってる……。
静江　遅いわ……。
田島　……。
静江　もう全部済んでしまったことですよ……。

田島　（わりとすぐに）そうだよな。実は俺にも好きな人がいてね。
静江　知りませんよ！
田島　まだいるのかい、みんな。
静江　いますけど。
田島　そう……。静江。
静江　（煩わしそうに）なんですか。
田島　頼む。ひとつだけ。ひとつだけ俺の頼みを聞いてくれないか。
静江　？……。

客室、消え、再び居間が浮かぶ。
キヌ子、加代、よしに加え、青木さんと健一もいる。
キヌ子が青木さんの持ったこよりから一本抜く。よしがとても楽しそうに笑っていて——

キヌ子　あああ！
加代　（驚いて）またビリひいたの!?
キヌ子　なんかズルしてますね……!?
青木さん　してないわよ。
健一　（うんざりと）どうします、もう一回やりますか。
青木さん　どうせまたビリだわ。
キヌ子　（ずっと笑っているよしに）いつまで笑ってんのさ！
よし　だって七回もやり直して全部ビリって、なんなんだよ。（笑いすぎて涙を拭う）
キヌ子　泣くほど可笑しいか。

健一　どうしますか。
キヌ子　いいですよ、もうビリで！（とその様子をよしがまた笑うので、見る）
よし　もうやめて苦しい、産まれちゃう。
加代　じゃあ青木さんがあなたの前だから、静江さん戻ってきても結局、また一時間四〇分後ね。
キヌ子　……。

連行が来る。

連行　（キヌ子に）やあ、来たかい、ついに……。
キヌ子　お邪魔してます……。
連行　なんだい、君たち。田島くんの順番待ちかい。
キヌ子　（とたんに慌てて）駄目ですよ、入るならあたしの次ですよ。
連行　入らんよ。（キヌ子以外に）彼女が来たなら食事、足りなかったろ。
キヌ子　今日はまだ何も食べてません。
連行　（皆に）食うぜぇ。あのときは可笑しかったな……闇料理屋で君に睨まれたときは……田島くんの名前出すたびに、こっち睨んでな……。まさか、君が件の美女とはね……。
キヌ子　……。
連行　すまん……。
キヌ子　なにがですか？
連行　言い出しっぺなんだよ、私が。
皆　（一斉に）はい？（とか）え？（とか）
連行　（気圧されて）いや、なんでもない。

連行　彼女が来たなら食事、足りなかったろ。

キヌ子　言い出しっぺって？
連行　なんでもないよ、しつこいなぁ。
キヌ子　御主人が言ったんじゃないですか……！
連行　だからそのことだよ。私が言い出しっぺ。な。
キヌ子　（意味がわからず）……え？

静江が戻って来る。

加代　あら、随分とお早いのね。
静江　ええ……キヌ子さん。
キヌ子　はい。
静江　気を悪くしないでね。
キヌ子　（とたんに不安になって）なんですか……？
静江　あの人、どうしてもあなただけには会いたくないっていうの。

皆、二人を見る。

キヌ子　え……。
静江　さっきのお庭で、よっぽど心象悪くしてしまったのね。
よし　（真剣で）そんな……だって、ちょっと喧嘩しただけじゃないですか。
静江　そうなのよ、そうなんだけど、いくら説明してもわかろうとしないの。人間不信になったって言って。

キヌ子　……。

よし　あたし、行ってくるよ。

静江　危険よ、ヘタに行くと殴られるわ。

よし　え。

加代　そんなに怒ってるの……⁉

静江　ええ、白目むいて震えてる。

加代　それてんかんじゃないの⁉　舌噛むわよ。（とバッグを持って行こうと）

静江　（慌てて止めて）んん、意識はちゃんとしてるのよ。

キヌ子　あたし行きます。

静江　そうね。あなたから直接きちんと説明するのが一番かもしれないわ。多少の危険はあっても。

キヌ子　はい……。行ってきます。

青木さん　（その背に）先に殴ったりしないでくださいよ。

健一　しないよ。

キヌ子、行く。

健一　大丈夫なんですか、一人で行かせて。

静江　（すでに満面の笑顔で）嘘よ！

皆　え……⁉

静江　嘘なのよ！

加代　どうしてそんな嘘つくの！

よし　そうですよ……！

静江　一肌脱いだのよ。
加代　え？
連行　（愕然と）田島くんの前でかい……!?
健一　そういうことじゃないと思いますよ。
静江　順を追って話すわ。（連行に）あなたはちょっとはずして。
連行　どうして……！
静江　……。（皆に）ちょっとごめんなさい……（連行に）あなた、ちょっとよろしい？（と部屋の外へ）
連行　（不安気について行き）なんだよ……。
静江　田島はすっかり記憶をとり戻してます。
連行　（身を固くして）え……！
静江　今、君は幸せかって聞かれたわ……。
連行　（目を見ることもできず）……それで？　君はなんて答えたんだい。
静江　……あなた。
連行　はい。
静江　これまで一年間、大変お世話になりました。
連行　（悲しく）静江……。
静江　これからも、どうぞよろしくお願い致します。
連行　!?（と見る）
静江　（微笑んで見つめる）
連行　（嬉しく）バカヤロ……！
静江　（微笑んでいる）
連行　バカヤロ……！

静江　今、君は幸せかって聞かれたわ……。

風景消え、再びそこは客室になった。
田島一人の部屋のドアをおそるおそるノックするキヌ子。

田島　どうぞ。
キヌ子　失礼します……。

キヌ子、緊張しながらドアを開ける。

田島　（穏やかに微笑み）やあ、誰かと思えば先ほどのあなたですか。どうぞ。
キヌ子　（異変のなさに戸惑いながら）こんにちは……。
田島　こんにちは……何か御用ですか。まあ、おかけください。
キヌ子　いや……大丈夫なんですか？（挙動不審）
田島　（なので）あなたこそ、大丈夫ですか？
キヌ子　いえ……何かの間違いみたいです。
田島　間違い。戻られますか？
キヌ子　（慌てて）いえ！（と座り、痔が痛んで腰を浮かす）
田島　（思わず吹き出し、それ以上を堪えながら）どうぞ。
キヌ子　今、笑いました？
田島　いえ、全然。
キヌ子　（躊躇なく）痔なんです。（すぐに尻にあてていた手を差し出し）永井キヌ子です。
田島　（握手には応えず）井伏鱒太郎です。

キヌ子　……。
田島　それで？　御用件は。
キヌ子　……田島さんていうんですよ、本当は。田島周二さん。
田島　田島。
キヌ子　ええ、知り合いなんですよ私たち、実は。
田島　そうでしたか。すいません、まったく憶えてなくて。
キヌ子　いえ……まったくですか？　そう言えばこんな感じの女いたなあってぐらいは——
田島　（即答できっぱり）いえまったく。
キヌ子　そうですか……結構会ってたんですけどね。憶えてません？　永井キヌ子。永井キヌ子です、永井キヌ子。
田島　ごめんなさい、連呼されても……。
キヌ子　私、好きだって言われたんですよ。
田島　私に、ですか。
キヌ子　ええ。……抱きしめられたんです、好きだって言われて。かなり本気でしたねあれは、ええ。
田島　それでどうしたんです、私に抱きしめられたあなたは。
キヌ子　（ややバツ悪いが）ひっぱたいて投げ飛ばしました、はい。
田島　……可哀想ですね、私。
キヌ子　体が勝手に動いてしまって……。
田島　そうか……僕はあなたに嫌われてしまったわけだ。
キヌ子　（慌てて）そうじゃなくて。（口ごもりながらも）恥ずかしかったんですよ。男の人に好きだなんて言われたの初めてだったから。闇屋のオッサンたちに裸見せろとかはよく言われますけど。

田島 （笑って）そうか、そんなことが……残念ながら、まったく憶えてないな……。二人は相思相愛だったってことですよね。
キヌ子 なんですかそれ、ソンシ？
田島 （やゃじれったく）お互い、好き合ってたんでしょ、僕たちは。
キヌ子 ええ……好き合っていたんですね、今思うと。
田島 特に君は僕に惚れていた。
キヌ子 そんなことはないと思いますよ。量で言うと、あなたのほうがずっと私のことを好きだったんです。
田島 （不本意で）なんの量。
キヌ子 だから好きの。好きさの。
田島 ……そんなことはないんじゃないかな。
キヌ子 （すぐにキッパリ）いえそうなんです。
田島 （少しムキになって）どうしてわかるのそんなこと。
キヌ子 わかりますよ。寝言で私の名前呼ぶんですから。
田島 寝言。
キヌ子 ええ、助平そうな顔して。キヌ子ぉって。
田島 そんなの、名前呼んだだけでしょ？ 「キヌ子、もう顔も見たくない」かもしれないじゃないですか。「キヌ子、食い過ぎだぞ」かもしれない。
キヌ子 ⁉ 憶えてるんですか、私がよく食べること。
田島 わかりますよ見れば、大食漢の雰囲気です。
キヌ子 連行先生から聞いたんですね。
田島 （すぐに）連行先生から聞いたんです。

キヌ子　あのジジイ……。
田島　口が悪いですね、キヌ子さんは。
キヌ子　そんなのすぐ慣れます。
田島　（少し笑って）自分で言いますか。
キヌ子　慣れます。ずっと一緒にいれば。
田島　……。
キヌ子　……。
田島　どういう意味ですか、それは……。
キヌ子　……。
田島　ラジオでもつけますか。

田島、ラジオをつける。
まるで雰囲気のない、浪曲か何かが流れる。

田島　よかったら、ここでもう一度試してみませんか。
キヌ子　何を……？
田島　ですから、もう一度僕があなたのことを好きだと言って、その……抱きしめてみるんです。
もしかしたら記憶が蘇るかもしれない。
キヌ子　今ですか？
田島　ええ。どうです？
キヌ子　でも、結構痛いですよ、あたし力強いんで。
田島　あなた、またひっぱたいて投げ飛ばすつもりですか⁉

キヌ子　え？
田島　いやいや、別にまったく同じことを再現しようって言ってるわけじゃないんです。バカですね
相変わらず。
キヌ子　相変わらず？
田島　言ってません相変わらずなんて。どうなんですか。やるならやる、やらないならやらない。
キヌ子　え、投げ飛ばさなかったら、どうするんですか。
田島　だからそれをやってみるんです、あなたがどうするか。うるさいな！（とラジオを止める）……
やりましょう。
キヌ子　やりたいんですか……？
田島　ええ。
キヌ子　助平な気持ちなんですか？
田島　助平な気持ちじゃありません。
キヌ子　本当ですか？
田島　本当です。
キヌ子　だって、あなたにとって私は、さっき会ったばかりの女ですよね。いくらなんでも、そんな
会ってすぐ助平以外の気持ちで
田島　一目惚れってことだってあるでしょう。
キヌ子　あんな、庭で暴れ放題の女を見てですか。
田島　嫌ならやめましょう。
キヌ子　……嫌ではありません。
田島　そうです、嫌じゃないんです。あのときだって、（言い直して）そのときだって、恥ずかしかった
だけなんですから、男に好きだなんて言われたことなかったから。

キヌ子　（恥ずかしく）いちいち繰り返さないでください。
田島　じゃあ、いきますよ……（キヌ子が身を硬くしているので）大丈夫です、犯したりしませんから。
キヌ子　あたりまえです。
田島　あたりまえです。では、いかせていただきます……（やめて）体に言っといてください、勝手に動くなって。
キヌ子　はい。（体に）勝手に動くな。
田島　では……キヌ子さん……。
キヌ子　（緊張のあまりか、芝居っぽくなって）一体全体なんでしょう。
田島　（やめて）妙に芝居かかる必要はない。自然でいいんです、お芝居をしたいわけではないんですから。
キヌ子　はい、すいません。
田島　キヌ子さん……。
キヌ子　はい……。
田島　好きだ……。

田島、キヌ子をしっかりと抱きしめる。

キヌ子　私も……。
田島　（以下、抱き合ったまま）なんて言いました……。
キヌ子　私もです。
田島　私も、なんですか？

キヌ子　好きです。好きなんです。好きだったのに死んじゃうから、どうしようかと思ったら、生きてたんです……！
田島　うん……。
キヌ子　あなたは？
田島　好きさ……。接吻するぞ。ひっぱたくなよ。
キヌ子　はい。
田島　キヌ子……。
キヌ子　田島さん……。

二人の唇が今まさに重ならんとしたとき、静江、加代、よし、青木さん、健一、ケイ子、清川が大挙して忍び足でやってきて、ドアを開け、抱き合う二人を見て拍手する。

二人　！（と離れる）
静江　離れることないわ。おめでとう！
皆　（それぞれの思いでおめでとうを言う）
キヌ子　（事態をまったく把握できず）なんなんですか⁉
加代　（田島に）聞いたわよ全部、静江さんに。（キヌ子に）すっかりだまされちゃったわね。
キヌ子　（何が何だかわからず）何がですか？
田島　（静江に）まだ言ってない。
静江　え？
田島　まだ言ってないよ！
静江　あらやだ。

田島　三〇分後って言ったじゃないか、全然早いよ、来るの。
キヌ子　どういうこと？
よし　そういうことよ。
田島　え、（田島に）だましたの、私を。
キヌ子　（キヌ子に）ちゃんと言うつもりだったんだよ、接吻してから。
静江　接吻する前に言うものよ、そういうことは。
田島　言っちゃったらさせねえもんこいつ！
キヌ子　（もはや怒り心頭で）だましたのね!?　みんなで示し合わせて、大楢先生に私をこの家に来るように声掛けさせて、
加代　そんな前からの話じゃないわよ。
青木さん　私達もさっき聞いたんです、実は記憶が戻ってるってことは。
田島　（深々と頭を下げ）すみませんでした、皆さん……。
よし　ひどいよ……。
青木さん　ええ、ひどいわよ……。
清川　まあ、いいじゃないですか。（ケイ子に）な。
ケイ子　そうですよ。生きてたんだもの、田島さん。
清川　急なんですけどね、僕たち、結婚することにしました。
静江　そんなことよりみんなでお祝いしましょうよ今夜は、ね。
キヌ子　お祝いなんて気分じゃありませんね……！
よし　（呆れ笑いで）少しはまわりに合わせたらどうなんだよ。大人になってさ。
キヌ子　あんたに言われたくない。
よし　（それには返さず）あんた見てると、自分見てるみたいなんだよ。

キヌ子　なによ、急に。
よし　（静江や加代に）自分見てるみたいで可愛いんですよ。
加代　（静江に）普通こういうことは、年上が年下に言うことよね。
キヌ子　暑苦しいから出てってくれませんかね。
青木さん　（冷やかすように）二人っきりになりたいんですか？
キヌ子　じゃああたしが出て行きます。
田島　待てよ。結婚しよう。
キヌ子　（立ち止まる）

皆、短い間のあと、大拍手。

田島　（今一度頭を下げ）生きてました。
清川　じゃあ、合同で結婚式あげましょう！
田島　なんだ、おまえも結婚するのか。
静江　あら、そうなの？
清川　聞いてなかったんですか⁉　さっきそう言ったじゃないですか！
健一　じゃあ、俺らも便乗させてもらおうか。
青木さん　そうしましょうか、面倒臭いから。
健一　面倒臭いからじゃなくてさ。
ケイ子　保子さんたちはやめといたほうがいいわよ。
健一　じゃ、おまえたちだってやめといたほうがいいよ。
清川　ケイ子ちゃん。もう少し兄さんに優しくしてやれよ。こんな奴でも血を分けた兄貴なんだから。
ケイ子　（不承不承）わかった……。
静江　すごいわね、三組の合同結婚式。
加代　じゃ私たち、夫婦で出席するわ。
静江　すごいわね。参列者にアングロ・サクソン人て。
清川　え、え、なんですかアングロ・サクソン人て。御主人、外人なんですか。
加代　アングロ・サクソン人。
田島　外人さんと結婚したの？
静江　入院患者さんですって。看護婦さんととりあって、見事獲得したそうよ。
田島　へえ。おめでとう。
加代　ありがとう。
静江　すごいわ、三組の合同結婚式にアングロ・サクソン人！
キヌ子　ちょっと待ってください。すごいすごいって、私、まだ返事してないんですけど。
静江　だってOKでしょ？
加代　OKよ。
キヌ子　決めないで……！
田島　言ってくれよ、OKだって。記憶を失った晩、よくわからない大体の占い師が言ったんだ。君は俺のことを愛してるって。
キヌ子　よく分からない大体の占い師なんかに決めてもらいたくありません！
田島　愛してるんだよ。
キヌ子　（内心嬉しいのだが、皆に嫌味っぽく）みなさんも、言われたんですよね。同じこと。どうしてそんな祝福できるんですか？

キヌ子　みなさんも、言われたんですよね。同じこと。
どうしてそんな祝福できるんですか？

静江　キヌ子さん。山田五十鈴なんか三度も結婚してるのよ。
キヌ子　（ピンと来ず）まあそりゃそうかもしれませんけど……。
よし　（大人びた風で）今は今だよ……。
キヌ子　あんた、いくつよ……。
田島　いいよな。受けてくれるよな。
キヌ子　……。

見つめる周囲。

キヌ子　（虚勢を張って）お断りします……。
田島　うん！

皆が「おめでとう！」と口々に言いながら拍手。

キヌ子　え!?　お断りしますって言ったんですよ今、あたし。あんたなんか信じられないんだから！
田島　うん！　ありがとう！
キヌ子　グッドバイ！　グッドバイ！

田島、そう連呼するキヌ子の口を遮るようにキス。
皆、大騒ぎ。歌っても良い。

庭の寝椅子に横になっている、連行と幸子が見える。

連行　（ひどく心地良さげに）なんだろうね、幸子……みんな嬉しそうに歌ってるよ……。
幸子　なんだろうね……。
連行　うん、なんだろうね……。幸子は、パパのこと好きか。
幸子　好きって言いなさい。
連行　おまえが言いなさい。
幸子　好き。
連行　うん。パパもママも、おまえのことが好きだよ……大好きだ……。
幸子　父ちゃんは？
連行　父ちゃん？
幸子　父ちゃんはキヌ子が大好き！
連行　え？

見つめ合い、抱き合う田島とキヌ子が見える。
人々の歓声と教会の鐘の音が響くなか、世界は闇に包まれた――。

了

あとがき

ラブコメがやりたかったのだ。

「スクリューボール・コメディ」などという、誰も実態のわからぬジャンル名を、公演前の取材で散々まくしたてたのにも、もちろん私なりの真意はあったけれど、平たく言えば、書きたいのはラブコメだった。私が書くラブコメなら、自然、スクリューボール・コメディになるだろうとも思った。芝居を始めて三〇年、ものすごい数の舞台を作ってきたというのに、そしてほとんどがコメディだったというのに、ラブ・コメディと呼べるものはひとつもなかったのだ。

私にとっての「典型的ラブコメ」を一言で言うならば、こうなる。

「主人公の男女が、くっつきそうでくっつかないが、いろいろあって、結局くっつく」。

毎度、新作を書く時に一番悩むのは、シチュエーションの決定と書き出しである。私はプロットもハコガキも作らない。書き出した時に結末が決まっていたことは、自慢じゃないが一度たりともない。だからこそ書き出しには慎重になる。選択肢は無数なのだ。

「ラブコメをやりたい」という思いだけがあり、具体的な設定を考えることはせず、無為に何年かが過ぎた。最初の設定が決まらないと書き始めることなんかできやしない。

そんなある日、太宰の未完の絶筆を読み返した。自室に転がっていた文庫本を、なんの気なしに開いたのは、以前読んだ時に、短くてあっという間に読めることを知っていたからだ。ほんの退屈しのぎだった。

新潮文庫の『グッド・バイ』の帯には、大きく次のように書かれている。

「妻と偽った絶世の美女を連れ　男は愛人たちに別れを告げる」

40ページにも満たぬ本文を読み終えるなり、「これだ」と膝を叩いた。

ちなみに、太宰による原作は、本戯曲でいうと三六頁、第一部の4章「怪力」までで終わっている（正確を期すなら、6章より登場する第二の愛人水原ケイ子が「乱暴な兄と二人暮らしである」という設定には触れている）。

主人公田島周二とヒロイン永井キヌ子のキャラクター、二人の関係性と目的、時代設定、すべてが用意されていた。つらい作業はすべて太宰さんがやっておいてくれていた。結果として、後半の八割を私が好き勝手に書いたことになる。


田島を仲村トオル、キヌ子を小池栄子に演じてもらいたいというのは瞬時の閃きだった。お二人には快諾いただいたものの、当然ながら私を含めた三人のスケジュールの調整もあり、公演の幕が開くまでには四年の歳月を要した。四年の間、中身を詰めていたのかと言えば、そんなわけがない。完全に放置されていた。他にもやらなければいけない他の仕事が沢山あった。

とはいえ、他の役のキャスティングも済ませておかねばならぬ。原作に登場している美容師の青木（保子）さん、さし絵画家の水原ケイ子（と乱暴者の兄）、それから冒頭で田島をたきつける文士の連行（原作には名前がない）は当然戯曲にも登場するとして、他に愛人役の女優が何人必要だろうか。原作小説で太宰は十人をめぐると計画していたとも聞くが、そんなこたぁもはや知ったこっちゃなかった。愛人を五人にしたのは直感だ。十人じゃ多すぎるし、何より私は二〇一一年に市村昆監督の映画『黒い十人の女』の舞台化というのをやっていて、男一人と十人の愛人ではまるっきり同じような設定になってしまう。「五人の愛人役」と「たくさんの役をこなしてくれるコメディ・リリーフを男女各一名」。それから田島の敵役《かたき》、あるいはライバルに位置する男が一人いたほうが話が重層的になるのではないか。どんな展開になるのかわからぬまま、キャストにオファーをかけ、気づけばチラシの撮影が終わっていた。

そう、たしか、そのチラシの撮影時である。久しぶりに会った小池栄子に「ハッピーエンドだといいなぁ」というようなことを言われた。何度も書いたようにやりたいのがラブコメである以上、まさか「全員惨殺」みたいなバッドエンドは考えられなかったけれど、自分がこんなにも多幸感に溢れた、絵に描いたハッピーエンドを書くことになろうとは、その時はまだ思ってもみなかった。

稽古初日にあった台本は、ほぼ小説のエンディングまで。あとは稽古をしながら書き進めていった。「五人の愛人」のうちの一人を田島の正妻に変更したのは稽古も半ばにさしかかる頃である。さぞかし水野美紀は面喰らったことだろう。申し訳ない。

執筆中、最も悩んだのは、第一部の結末およびその二年後となる第二部の入り口である。人物たちの内面に大きな飛躍が必要だった。「これ一体どうなってしまうのか」と観客に思わせねばならない。

最初のうちは、記憶を失った田島が、再度愛人ひとりひとりを訪ね歩くという流れにするつもりだったのだが、どうしてもイメージが広がらない。かといって、「主要登場人物を一堂に集結させてしまおう」という別プランには躊躇した。あまりに荒唐無稽だと感じたからだ。相手の男が死んだ（と思い込んでいる）時、愛人たちと別れた前妻が集合したりするだろうか。「いや、するかもしれない」と思えたのは、前の年にナイロン100℃で上演した岸田國士作品（のコラージュ）が頭をよぎったからである。元妻の呼びかけで、故人を偲ぶために集ううち、女たちの間に奇妙な絆が生まれる——あってもおかしくない。少なくとも岸田國士ならば書くのではないか。

岸田國士といえば、最終章の前半、元妻と田島が架空の子供を前に家族ごっこをする件りは、明らかに岸田戯曲の最高傑作のひとつ、『紙風船』での、倦怠期夫婦の旅行ごっこをモチーフにしている（二〇〇七年にやはり自らの劇団で上演した『犬は鎖につなぐべからず』の中で、私は『紙風船』をコラージュしている）。このように『グッドバイ』はそこかしこで岸田國士の恩恵を被っているのだった。

執筆の裏話はまだいくらでも書けるけれど、このぐらいにしておこう。計算していたより長くなった。私の戯曲も、常に当初の計算より長くなる。

本作はこれまでになく幅広い層の観客に歓ばれ、出演者も、これまでの私の多くの舞台と較べ、ためらうことなく友人、家族を誘うことができたようだ。さらに、本稿執筆の前日、第二十三回読売演劇大賞の結果が発表され、『グッドバイ』は最優秀作品賞、最優秀女優賞（小池栄子）、優秀演出家賞を受賞した。

「こうした、何の教訓もない純コメディ作品によくぞ」とツイッターでつぶやいたところフォロワーのお一方から「教訓はなくてもいろいろなものがありました」とのリプライを頂戴した。有難いことである。とても嬉しかった。これからも「いろいろなこと」を発信すべく、一層精進させていただく所存であります。

最後に、お約束ではありますが、公演に関わってくれたすべての方と、この御時世に戯曲本出版を英断してくれた白水社の和久田頼男氏、藤波健氏、（実はまだ見ていないのですが、きっと）素晴らしい装丁をしてくれた榎本太郎氏に深い謝意を表します。そしてお読みいただいたあなたにも。おっと忘れちゃいけない、太宰治さんにもね。

二〇一六年二月

ケラリーノ・サンドロヴィッチ

キャスト

仲村トオル：田島周二
小池栄子：永井キヌ子

水野美紀：静江、ホステス、美容師、娼婦
夏帆：水原ケイ子、美容師、店の者
門脇麦：草壁よし、店の者、編集部員、娼婦、看護婦
町田マリー：青木保子、編集部員、娼婦
緒川たまき：大櫛加代、ホステス、デパートの店員、娼婦

萩原聖人：清川、警官、米兵
池谷のぶえ：葬儀参列者の妻、ホステス、正ちゃん、老婆、幸子、易者
野間口徹：葬儀参列者の夫、マスター、編集部員、水原健一、郵便配達員、米兵
山崎一：連行、鞄の主、暴漢、裁判長

スタッフ

振付：小野寺修二
美術：中根聡子
照明：関口裕二（balance,inc.DESIGN）
音楽：鈴水光介
音響：水越佳一（モックサウンド）
映像：上田大樹（&FICTION）
衣裳：宮本宣子
着物監修：豆千代
ヘアメイク：宮内宏明
殺陣指導：前田悟
演出助手：相田剛志
舞台監督：菅野将機（StageDoctor Co.Ltd.）
主題曲：「復興の唄」（作曲：上野耕路　編曲：鈴水光介　歌唱：山田参助）
声の出演：廣川三憲
宣伝美術：榎本太郎
宣伝写真：加藤孝
宣伝ヘアメイク：山本絵里子、浅沼靖（Eau）
プロデューサー：高橋典子
制作：青野華生子、川上美幸、川上雄一郎、仲谷正資
票券：北里美織子
広報宣伝：米田律子
製作：北牧裕幸
協力：アルファエージェンシー、イープロダクション、オフィススリーアイズ、オフィス・モレ、Kitto、
ゴーチ・ブラザーズ、スターダストプロモーション、ダックスープ、ユマニテ、ラウダ

企画・製作 キューブ cube

上演記録

#006

『グッドバイ』

原作

太宰治『グッド・バイ』

脚本・演出

ケラリーノ・サンドロヴィッチ

日程・会場

〈東京公演〉

2015年9月12日［土］～27日［日］

世田谷パブリックシアター

主催＝キューブ　提携＝（公財）せたがや文化財団　世田谷パブリックシアター　後援＝世田谷区

〈北九州公演〉

2015年10月3日［土］・4日［日］

北九州芸術劇場 中劇場

主催＝（公財）北九州市芸術文化振興財団　共催＝北九州市

〈新潟公演〉

2015年10月7日［水］

りゅーとぴあ新潟市民芸術文化会館 劇場

主催＝公益財団法人新潟市芸術文化振興財団／ＴｅＮＹテレビ新潟

〈大阪公演〉

2015年10月10日［土］・11日［日］

シアターＢＲＡＶＡ！

主催＝関西テレビ放送／梅田芸術劇場／キューブ　協力＝リコモーション

〈松本公演〉

2015年10月14日［水］

まつもと市民芸術館 主ホール

主催＝一般財団法人松本市芸術文化振興財団／ａｂｎ長野朝日放送　後援＝松本市／松本市教育委員会

共催＝公益財団法人日本教育公務員弘済会長野支部

〈横浜公演〉

2015年10月17日［土］・18日［日］

ＫＡＡＴ神奈川芸術劇場〈ホール〉

主催＝ｔｖｋ（テレビ神奈川）　後援＝ＫＡＡＴ神奈川芸術劇場

平成27年度文化庁劇場・音楽堂等活性化事業（北九州・新潟・大阪・松本・横浜公演）

装丁　榎本太郎

著者略歴
一九六三年東京生
横浜映画専門学院（現・日本映画学校）卒
ナイロン100℃主宰

主要著書
『私戯曲』
『ウチハソバヤジャナイ』
『フローズン・ビーチ』（岸田國士戯曲賞受賞）
『ナイス・エイジ』
『カフカズ・ディック』
『室温──夜の音楽』
『すべての犬は天国へ行く』
『カラフルメリィでオハヨ──いつもの軽い致命傷の朝』
『犬は鎖につなぐべからず──岸田國士一幕劇コレクション』
『労働者K』
『消失／神様とその他の変種』
『祈りと怪物』

上演許可申請先
株式会社キューブ
〒一五〇‐〇〇〇一
東京都渋谷区東三‐二五‐一〇　T&Tビル8F
電話（〇三）五四八五‐八八八六（平日12〜18時）

グッドバイ

二〇一六年三月五日印刷
二〇一六年三月一〇日発行

著者 © ケラリーノ・サンドロヴィッチ
発行者 及川直志
印刷所 株式会社三陽社
発行所 株式会社白水社

東京都千代田区神田小川町三の二四
電話 営業部〇三（三二九一）七八一一
編集部〇三（三二九一）七八二一
振替 〇〇一九〇‐五‐三三二二八
郵便番号 一〇一‐〇〇五二
http://www.hakusuisha.co.jp
乱丁・落丁本は送料小社負担にてお取り替えいたします。

誠製本株式会社

ISBN978-4-560-08499-1

Printed in Japan

白水社の本

フローズン・ビーチ

ケラリーノ・サンドロヴィッチ

カリブ海の小さな島にある三階建ての別荘。そこへ集う五人の女たち。この家で双子の妹が仕掛けた、ある殺人計画が実行された……。意外な結末が待つサスペンス・コメディーの傑作。第43回岸田國士戯曲賞受賞作。

カラフルメリィでオハヨ
いつもの軽い致命傷の朝

ケラリーノ・サンドロヴィッチ

海に囲まれた病院からのシュールな脱走劇と、認知症の老人をめぐるリアルな家庭劇。二つのドラマが絡みあう場所で、誰かが、今日も目覚める——。不条理も切ない、著者渾身の「私戯曲」。

犬は鎖につなぐべからず
岸田國士一幕劇コレクション

ケラリーノ・サンドロヴィッチ／原作＝岸田國士

よみがえる、モダンなせりふ劇！　岸田國士の傑作短篇（「犬は鎖に繋ぐべからず」「隣の花」「驟雨」「ここに弟あり」「屋上庭園」「紙風船」「ぶらんこ」）を、ある町内の出来事として連鎖的にコラージュした極上の戯曲。

祈りと怪物
ウィルヴィルの三姉妹

ケラリーノ・サンドロヴィッチ

海と火山に囲まれた、小さな島の小さな町・ウィルヴィル。その町の権力者の三人娘をめぐり、波瀾万丈＆奇妙奇天烈な群像劇が物語られてゆく——著者渾身のブラック・ファンタジー。